陳列作品集 II

永遠的山

目錄

前言

告別與承諾

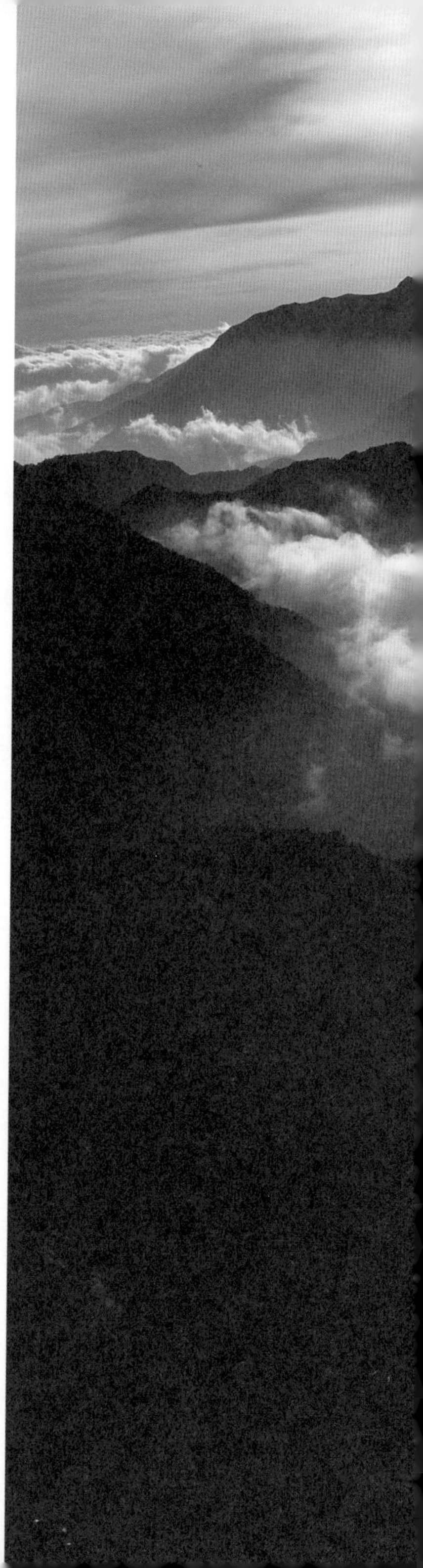

1

玉山國家公園廣達十萬餘公頃，坐落在台灣中央稍南的地帶，境內全是峻嶺高山和大小無數的溪谷源頭，以及在雲霧經常繚繞幻化的這些山水間生息演替的豐繁的動植物；除了南北邊緣上各有一處布農族原住民的小聚落之外，概無常住的人跡。對於這樣的一個大自然的世界，我原本幾乎完全陌生，但就在最近，由於一些機緣，竟有幸在這裡斷斷續續盤桓了一年。

這一年，或許可以這麼說吧，是一連串的驚訝與摸索、學習與啟發的一年。

這一年裡，我經常覺得，生命裡的視野正重新開始，新奇和困惑之感則一直相伴著，永在心頭。

2

我初期上山時，由於不熟悉，心情和態度都不免有幾分疑懼。但每天目睹大山連綿，雄偉壯麗，情緒在隨時深受震撼之餘，卻也相對地漸趨篤定了。就憑著這種篤定，加上生手的一分天真和好奇，我興奮地在山林間攀爬行走，四下張望山林的形勢，觀察幻影般萬變的風雲雨霧，追蹤各種聲響，看鳥在各種林相中跳躍飛翔。

我記得一次又一次的山野行程中許多特別令人欣喜的剎那：冰雪覆蓋的谷地裡，用孤獨而警戒的眼神回首對著我打量的一頭淡褐色長鬃山羊；那隻逃避不及，情急之下以為躲在路邊灌叢後就不會被看到的憨憨的小山豬；一隻藍腹鷴在密林下慌亂飛奔時那撮閃爍掩映的美麗長尾巴；一隻栗背林鴝站在冷杉頂梢張嘴打呵欠時看似慵懶無聊又悠閒自足的模樣；破曉時分，三九五二公尺的玉山頂上，在我四周飛速席捲幻化的風和雲；日落後，當雲霧仍不肯完全下沉時，間隔若干秒就從雲層後爆亮一次的閃電，好像天邊正有一場遙不可聞的猛烈炮火；在深谷對岸遠處的針闊葉混合林中一路陪伴我獨自跋涉的某隻貓頭鷹鼓鼓深沉的呼喚……。

令人欣喜的，當然也不一定是什麼特別的剎那，而只是高山裡的一些尋常事物罷了：山光水色，森林的氣味，風的聲音，或是沁涼的空氣在汗熱的皮膚上的感覺。

在每一次的旅程中，也許是當我小心翼翼地走過某個危崖碎石坡之後，也許是在某個疲憊蹉步的小徑上，或是終於可以休息後的顧盼間，這些景致就那樣不期然地在我眼前呈現了，是一種深深的或溫柔或駭異的撞擊，而我的整個人便也忽地裡燦燦然豁亮，心神蕩漾恍惚間，人與天地好像頓時有了一種神祕的契合，感覺到一種難以言說的純粹的愛與快樂，彷彿覺得隱約捕捉到了一些特質，關於美，關於大自然裡的生命奧祕。

然後，可能是二葉松林間傳來的幾聲藪鳥的鳴叫尖拔地在心頭劃過。

待我抬起頭來，有時候，從河谷密密湧現的濃霧已完全籠罩下來，四周原有的山巒樹林都已不見；有時是一棵六月裡恣意綻放的繡線菊正對著我盈盈淺笑，而遠處，那峻偉起伏的巒脈，仍映著明澄的天空。

3

大自然中這一類的萬千氣象一再激盪著我，但另一方面，卻也逐漸令我感到困惑。我很想知道它們存在和出現的道理，進入表面片面的風景裡去。我希望能多少理解其中的一些意義，解釋神祕。

我開始閱讀有關山林自然的書籍和圖像——從簡易的解說摺頁到泛論到各種資源的調查報告。我探索著風雲雨霧為何生成和變化以及台灣這個高山島嶼的氣候特質。我翻閱地質發育和地形變遷的論述，記誦岩層、褶皺、斷層等等堅硬術語的含義，在概念裡分辨岩礦的種類。

我也傻傻地一面對照著圖鑑，一面背誦各種植物的名字、相貌特徵和分布，鳥的名字、相貌特徵和分布，動物的名字、相貌特徵和分布，呢呢喃喃，齟齟齬齬。

較輕鬆的是，聽玉山地區的鳥類錄音帶，熟悉牠們的叫聲，以及瀏覽圖片和文字，在舒適的距離外神遊園區赫赫有名的各山頭和水系，默記著它們的名字、相貌特徵和走勢位置。

此外，我也讀一些簡單的歷史——台灣這個高山島嶼的起源和變遷；布農族原住民在這片生活根據地上的兩次遷移和爭戰；外來者名目不一的墾拓紀錄與種種調查過程；森林砍伐史，等等。但因歷史的年代湮遠，內容紛繁，我所接觸的，其實有一大部分只是他人的間接引述。

而所有的這些學問知識，更是多屬臨時的活剝生吞，粗略而零碎，來不及，也沒有能力，好好消化和吸收，然而對我卻也是全新的領域，讀來雖覺生疏卻令人興奮愉快的領域。我從中學習認知，尋找解答，雖然每一個答案之後往往是更多更奧妙的新問題。更重要的是，我從中學習他人觀察的要點、探索的方法，以及，對待自然的態度，我個人生活的態度。

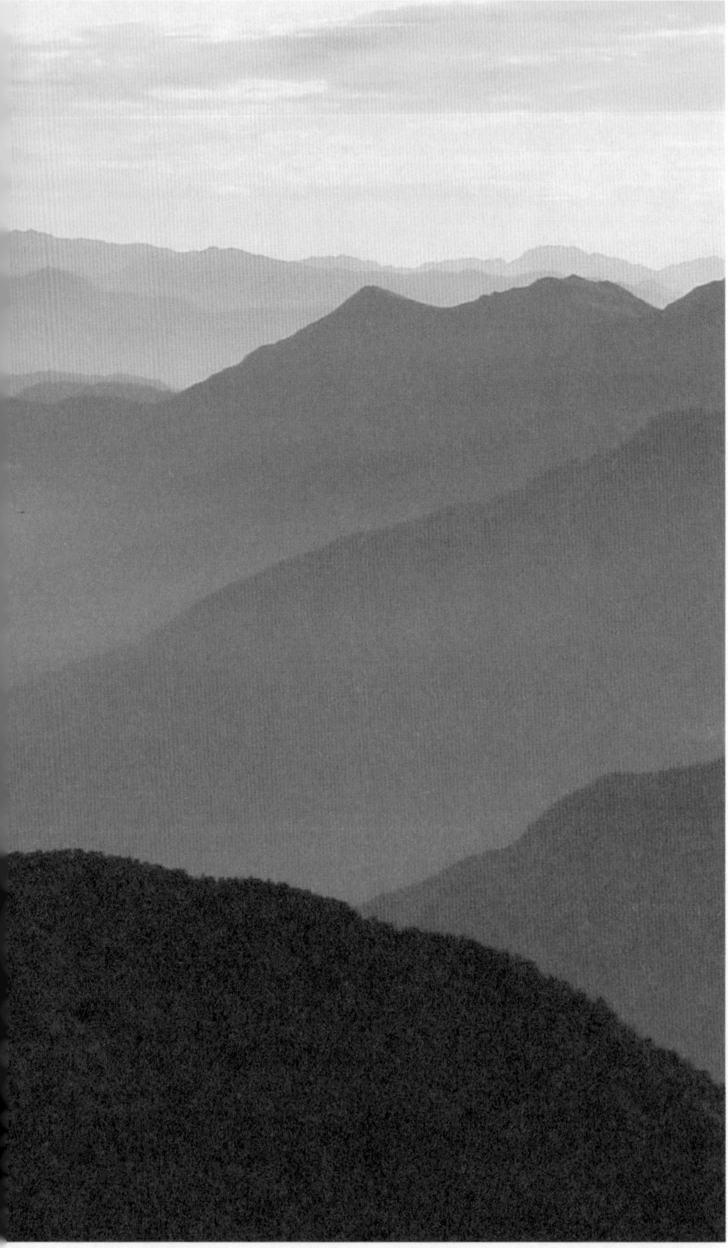

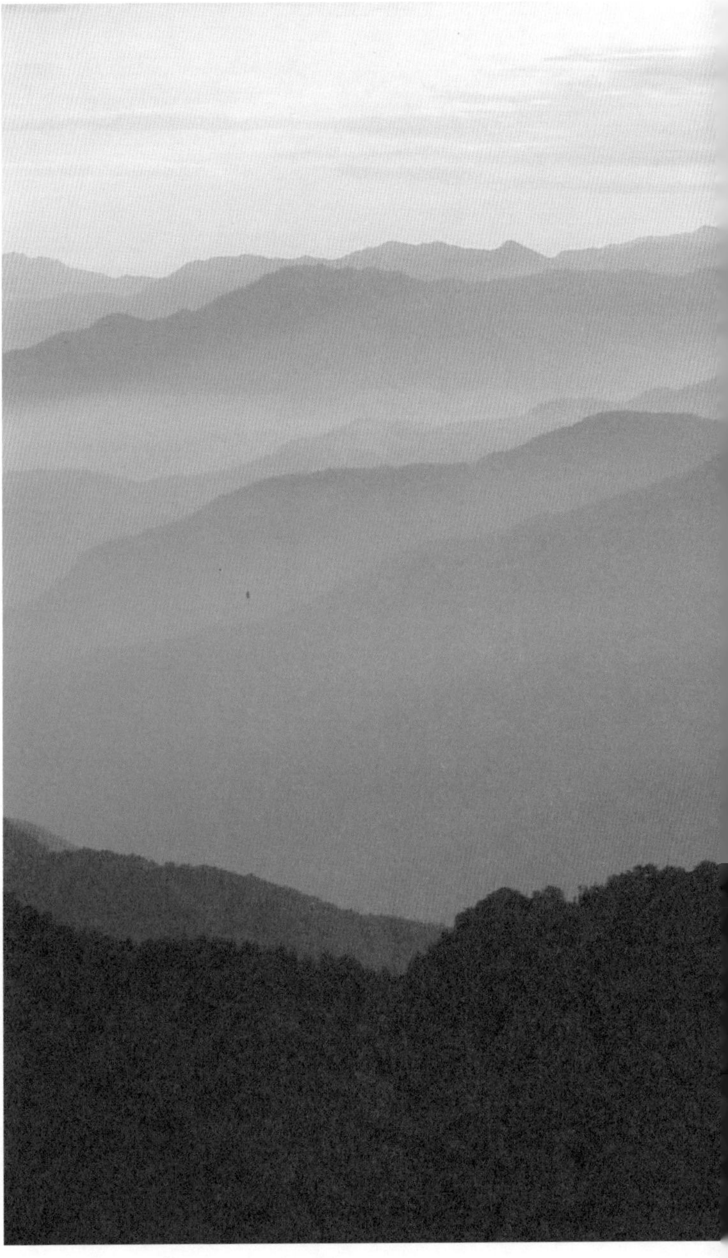

然後，我再上山去，欣賞、觀察、摸索、記錄。

4

即使是不足的半生不熟的知識，也已開始使我先前單純的美感興趣深刻化了。我確實較看得出以往不曾見到的道理，體會更多的東西，覺得和自然萬物較為親近。從那原先看來顯得一團又一團的各種現象背後，秩序逐漸浮現出來。

但這樣的知識，也難免經常使我發現到自己陷在窘境裡。冷杉、雲杉、鐵杉或柳杉，扁柏或紅檜，等等針葉樹之屬，它們的長相和特徵，我似乎已在圖片和解說中反覆研讀得熟悉分明了，但在實際的遭遇裡，有一段時候，我竟然不敢完全肯定什麼是什麼，更別說林相遠為複雜的闊葉樹之間或草本植物間彼此的分野。在錄音帶中聽來聲聲確切的各種鳥鳴，實地裡，卻無法和掠過我眼前的鳥禽或在我附近樹叢裡間歇叫喚的聲響作迅速的結合。還有，牠們發出的聲音又代表什麼意思呢？是求偶、警示，或純粹的快樂唱歌？

我依然無法滿意地解釋一陣突來的風或雨。我也常混淆了動物們的糞便蹄痕。

玉山國家公園的地形極為複雜，對天然植被和野生動物而言，崢嶸的高山，或曲折綿延，或衝斷孤閉，都具有生殖隔離的作用，各個溪流和集水區，以及草原和大崩塌地，也各自形成了不同的生活條件。這些動植物在各個地域裡生長和繁衍，在悠遠的歲月中隨各環境因子和人為壓力的不同而適應著，改變著，終而顯露出紛歧多樣的生命面貌，且個別造成了大體獨立的小生態區。

園區內如此豐繁的生態環境和自然資源，必然會被學有專攻者視為學術研究的寶藏，但是在陌生粗淺如我者看來，有時可就顯得眼花撩亂。我所能努力的，大抵也只是儘量去摸索和推測生物世界中個體之間與群體之間「一般的」關係而已。

更何況還有季候的變化所可能帶給我的疑惑！

雪融之後，岩屑石塊間竟然會冒出綠色的小生命來，而且迅速地在兩個月後開出豔麗的小花朵哩。動物會因季節的遞移而轉換牠們的毛色和棲息地。也許叫聲也改變了。空氣裡的味道，甚或也因天候的改變而不一樣。

困惑之感，伴著新奇之感，常在心頭。

這樣的感覺，其實我很喜歡，甚至於令我著迷。再次下山後，總會上了癮似的又回到書頁中的文字和圖像裡，並且再聽幾回鳥聲的錄音帶，一面愉快地計畫和想像著下一次上山去印證和摸索的行程，彷彿是一種愛戀。

廣	告	回	信
板橋郵局登記證			
板橋廣字第83號			
免	貼	郵	票

舒讀網「碼」上看

235-53
新北市中和區建一路249號8樓

印刻文學生活雜誌出版有限公司　收

讀者服務部

姓名：＿＿＿＿＿＿＿＿＿＿　性別：□男　□女

郵遞區號：＿＿＿＿＿＿＿＿

地址：＿＿＿＿＿＿＿＿＿＿＿＿＿＿＿＿＿＿

電話：（日）＿＿＿＿＿＿＿＿（夜）＿＿＿＿＿＿＿＿

傳真：＿＿＿＿＿＿＿＿

e-mail：＿＿＿＿＿＿＿＿＿＿＿＿＿＿＿＿＿＿

INK

INK PUBLISHING

讀者服務卡

您買的書是：________________________________

生日：　　年　　月　　日

學歷：□國中　□高中　□大專　□研究所（含以上）

職業：□學生　□軍警公教　□服務業

□工　□商　□大衆傳播

□SOHO族　□學生　□其他 ______________

購書方式：□門市_____書店　□網路書店　□親友贈送　□其他 _____

購書原因：□題材吸引　□價格實在　□力挺作者　□設計新穎

□就愛印刻　□其他 ______________（可複選）

購買日期：______年______月______日

你從哪裡得知本書：□書店　□報紙　□雜誌　□網路　□親友介紹

□DM傳單　□廣播　□電視　□其他

你對本書的評價：（請填代號　1.非常滿意　2.滿意　3.普通　4.不滿意）

書名_____　內容_____　封面設計_____　版面設計_____

讀完本書後您覺得：

1.□非常喜歡　2.□喜歡　3.□普通　4.□不喜歡　5.□非常不喜歡

您對於本書建議：

謝您的惠顧，為了提供更好的服務，請填妥各欄資料，將讀者服務卡直接寄回或
真本社，我們將隨時提供最新的出版、活動等相關訊息。
者服務專線：（02）2228-1626　讀者傳真專線：（02）2228-1598

5

這一年來，我出入玉山園區十餘次；雪花紛飛時，颱風天，豔陽天，大雨小雨的日子，我都曾在山林間逗留過。有時，我結伴同行或隨研究調查人員一起走；有時，在後來膽子壯大之後，則獨自跋涉觀察感受。但我原先預定的經歷有一些還是沒完成，包括冰雪封凍期的玉山主峰登頂、登山界所謂的南二段中央山脈的一大路段，以及傳聞中十分驚險艱辛的古道之行。即使走過的，事實上，也都是前人多少年來披荊斬棘走出來的一部分路徑罷了；所見到的山光雲影和天然生命，在這個生機蓬勃的廣闊天地中，其實只限於絕小的範圍。

一年下來，我常覺得對這片自然世界，我才剛開始聞到了一些氣味而已。

我知道，也許，對於大自然世界裡的種種神奇和美，我們所看不見的，永遠比我們所能見的還多。我們的所見終屬有限。目前，我所能傳述表達的，更也只是其中膚淺的一小部分罷了，而且還缺少融會貫通。但是至少，讓我對自己作個承諾吧，承諾日後即使無法經常身往，我的心也仍將時時回到台灣的這個壯麗傲人的高山世界裡，繼續努力地去欣賞和體會，去喜歡，去愛。

玉山去來

1

崎嶇的碎石小徑在無邊的漆黑中循著陡坡面曲折上升。我臨時隨行的一支欲登玉山頂觀日出的隊伍，自從出了冷杉林，進入海拔約三五五〇公尺的森林界線以後，已因成員體力的不一而斷隔為好幾截；我看到他們的手電筒或頭燈的微光點綴在上下的數個路段上，在黑暗裡搖晃。那些不時閃現的人影、岩坡和低矮的圓柏叢，全如魅影般。

由於沒有了樹林的遮擋，風稍大了，夾著凌晨近四時的森冷寒氣，從難以辨認的方向綿綿襲滲而來。裹在厚重衣服裡的身軀，卻因吃力攀爬而是熱的。四周也仍相當安靜，只有偶爾從那寂寂黑色中響起的前後人員的傳呼應答，或是石片在暗中某處唰唰滑落滾動的聲音。我一邊聽那聲音在我身旁飄浮懸盪，一邊聽著自己的心跳和踩在碎石上的跫音，一步步地繼續往那黝黑的高處摸索，彷彿是史前地球上的一個跋涉者。

經過幾小段碎石坡以後，矮樹也漸少了，風，卻更強勁，陣陣拍打著身邊的裸岩，咻咻颳叫。我斜靠在一處樹石間休息，腳下的急斜坡掩沒在黑暗裡，而很遠很遠的底下，是數公里外嘉南平原上和高雄地區依稀聚集的燈光。天空仍是濃濃墨藍，只有很少的幾顆很亮的星。

路愈往上愈坎坷，呈之字形一再轉折，沿鬆脆的石壁而上。我儘量調整呼吸，配合著放下每一個斟酌過的步伐。而就在這專注中，天終於開始轉亮，晨光漸漸，在我身旁和腳下開始幽微浮露出灰影幢幢的巉岩陡崖。驚懼的心反而加重了。

到達位於玉山山脈主脊上的所謂風口的大凹隙時，形勢大改。山野大地好像在我來不及察覺之際忽然在我腳下翻轉了半圈；上坡時一路被暗暝龐大的嶺脈遮住的東邊景觀，轉瞬間出現在我一下子舒放拉遠開來的眼底裡。大斜坡、深谷、北峰，以及從北峰傾斜東去的山嶺，都在薄薄的曙色風霧中時隱時現。寒風囂叫，從那屬於荖濃溪源頭的谷地吹掃過來，沿著大碎石坡，直向這個風口猛衝。我緊緊倚扶著危巖，努力睜眼俯瞰錯落起伏的山河，心中也一陣陣的起伏。

然後，當我手腳並用地爬過最後一段顫巍巍破碎裸露的急升危稜，終於登頂後，我就看到那場我從未見識過的高山風雲激烈壯闊的展覽了。

2

這是四月初的時候，清晨近五點，我第一次登上玉山主峰頂。當我正是氣喘吁吁，驚疑的心神仍來不及落定時，山頂上那種宇宙洪荒般詭譎的氣象，剎那間就將我完全鎮懾住了。

一片洪荒初始的景象。

大幅大幅成匹飛揚的雲，不斷地一邊絞扭著，糾纏著，蒸騰翻滾，噴湧般綿綿不絕從東方冥冥的天色間急速奔馳而至，灰褐乳白相間混，或淡或濃，瞬息萬變，襯著灰藍色的天，像颶風中翻飛的卷絲，像散髮，狂烈呼嘯，洶洶衝捲，聲勢赫赫，一直覆壓到我眼前和頭上，如山洪的暴濺吟吼，如宇宙本身以全部的能量激情演出的舞蹈，天與地以及我整個人，在這速度的揮灑奔放中似乎也一直在旋轉搖盪著，而奇妙的是，這些雲，這些放肆的亂雲，到了我勉強站立的稜線上方，因受到來自西邊的另一股強大氣流的阻擋，卻全部騰攪而上，逐漸消散於天空裡。

而在東方天際與中央山脈相接的一帶，在這些喧囂狂放的飛雲下，卻另有一些幾乎沉沉安靜的雲，呈水平狀橫臥，顏色分為好幾個層次，赭紅的、粉紅的、金黃的、銀灰的、暗紫的，彼此間的色澤則細微地不斷漫漶濡染著，毫無聲息，卻又莫之能禦的。

然後，就在那光與色的動晃中，忽然那太陽，像巨大的蛋黃，像橘紅淋漓的一團烙鐵漿，蹦跳而出，雲彩炫耀。世界彷彿一時間豁然開朗，山脈谷地於是有了較分明的光影。

這時，我也才發現到，大氣中原先的那一場壯烈的展覽，不知何時竟然停了。風雖不見轉弱，頭頂上的煙雲卻已淡散，好像天地在創世之初從猛暴的騷動混沌中漸顯出秩序，也好像交響樂在一段管弦齊鳴的昂揚章節後，轉為沉穩，進入了主題豐繁的開展部。

我找了一個較能避風處，將身體靠在岩石上，也讓震撼的心情慢慢平息下來。

3

啊，這就是台灣的最高處，東北亞的第一高峰，三九五二公尺的玉山之巔了，嶔奇孤絕，冷肅硬毅，睥睨著或遠或近地以絕壑陡崖或瘦稜亂石斷然阻隔或險奇連結著的神貌互異的四周群峰，氣派凜然。

名列台灣山岳十峻之首的玉山東峰就在我的眼前，隔著峭立的深淵，巍峨聳矗，三面都是泥灰色帶褐的硬砂岩斷崖，看不見任何草木，肌理嶙峋，磅礴的氣勢中透露著猙獰，十分嚇人。我想，在可預見的未來，我是絕對不敢去攀登的。

南峰則是另一番形勢：呈曲弧狀的裸岩稜脊上，數十座尖峰並列，岩角崢嶸，有如一排仰天的鋸齒或銳牙。白絮般的團團雲霧，則在那些黑藍色的齒牙間自如地浮沉游移，陽光和影子愉悅地在獰惡的裸岩凹溝上消長生滅。而二公里外的北峰，白雲也時而輕輕籠罩，三角狀的山頭此時看來，相形之下就可親近多了，在綠意中還露出了測候所屋舍的一點紅。

中央山脈的中段在似近又遠的東方，大致上，或粉藍或暗藍，從北到南一線綿亙，蜿蜒著起起伏伏，自成為一個更大的系統，兩端都淡入了清晨溶溶的天光雲色裡，中間的若干段落也仍被渾厚的雲層遮住了，但浮在雲上的一些赫赫有名的山頭，卻是可以讓我快樂地一邊對照著地圖一邊默默叫出它們的大名：馬博拉斯、秀姑巒、大水窟山、大關山、新康山……。它們一一來到我的心中。

我站起來，在瘦窄的脊頂上走動。落腳之處，黑褐色的板岩破裂累累，永在崩解似的。岩塊稜角尖銳，間雜著碎片與細屑，四下散置。我就在這些粗礪又濕滑的碎石堆中謹慎戒懼地走著，辛苦抵擋著從西面吹來的愈來愈強盛的冷風。我勉強張眼西望，看到千仞絕壁下那西峰一線的嶺脈和楠梓仙溪上游的一段深谷，都蒙在一片渺茫淡藍的水氣裡。阿里山山脈一帶，則遠遠地橫在盡頭，有如屏障一般，山與天也是同樣粉粉的淡藍，只是色度輕重不一而已。

實在非常冷。我恍悟到耳朵幾乎凍僵了，摸起來痲痲刺刺的。那支登山隊的幾位隊員在急勁酷寒的風中顫抖著身子。有人得了高山症，臉色一陣白似一陣，呼吸困難，身軀直要癱軟下來的樣子。我的溫度計上指著攝氏二度。

4

後來我才曉得，山有千百種容貌和姿色。

這一年來，我三次登上玉山主峰頂。一月中旬，有一次我在雪花紛飛中穿過冷杉林之際，曾被那深厚濕滑的冰雪地阻斷了最後的一段一公里多的登頂路程。繼四月初的初登經驗之後，六月底，我大白天二度登臨，只見濕霧迷離，遠近的景觀幾乎都模糊一片，只有偶爾在那霧紗急速地飄忽飛揚舞踴的某個瞬間，才隱約露出局部的某個斷稜或山壁。

但隔一週後摸黑再上山時，遭遇竟又迥然不同。難得的風輕雲也淡。最迷人的則是日出前後北方郡大溪一帶的景色。在那溪谷上，霧氣氤氳，濛濛寧謐的水藍。層層疊置著一起從兩旁緩緩斜入溪谷地的山嶺線，便全都浴染在那如煙的藍色裡，彷彿那顏色也一層疊著一層，漸遠漸輕，滿含著柔情。

這個早晨，似乎仍是地球上的第一個早晨，永遠以不同的方式和樣貌出現的高山世界的早晨。當旭日昇起，在澄淨的蒼穹下，台灣五大山脈中，除了東部的海岸山脈之外，許多名山大嶽，此時都濃縮在我四顧近觀遠眺的眼底，所有的那些或伸展連綿或曲扭摺疊的嶺脈，或雄奇或秀麗的峰巒，深谷和草原，斷崖和崩塌坡，都在閃著寒氣，變動著光影，氣象萬千，整個的形象卻又碩大壯闊，神色則一般地寧靜無比。這個時候，光和風雲，以及其他什麼時候的雨雪雷電，都瞬息萬變地在這個山間世界裡作用嬉戲，讓山分分秒秒地改變著它的形色與氣質。然而就在那捉摸不定的特性裡，透露的卻又是巨大無朋，如如不動的永恆的東西，讓人得到鼓舞與啟示的東西，例如美或者氣勢，動與靜的對立與和諧，生機與神靈。

我一次又一次地在玉山頂來回走動，隱約體會著這一類的訊息，時而抬頭四顧巡逡，一邊再默默念起各個山峰的名字。一種對天地的戀慕情懷，一種台灣故鄉的驕傲感，自我心深處汩汩流出，一次深似一次。

5

台灣，其實，不就是一個高山島嶼嗎？或者更如陳冠學所謂的，「台灣以整個台灣，高插雲霄」。

兩億五千萬年以前，當時的亞洲大陸的東方有一個海洋，來自陸塊的砂、泥等沉積物經年累月在陸棚和陸坡上堆積。

七千萬年前，大陸板塊與海洋板塊開始碰撞，產生了巨大的熱與力的作用，原來的沉積岩廣泛變質。台灣以岩石的面貌初次露出水面。

此後的漫長歲月裡，這個區域漸回復平靜，台灣島與大陸之間的地槽再度累聚起厚厚的沉積物，冰河的融化則使台灣島又沒入海面。

四百多萬年前，一次對台灣影響最大的造山運動發生了。菲律賓海洋板塊由東方斜著撞上了台灣東部，使台灣島的基盤急速隆起，地殼抬升，使岩層再次褶皺斷裂，變形變質。這些斷裂，亦即近南北方向的斷層，是台灣一種出現頻繁的地質構造。本島南北平行的幾個大山脈，也正是這種來自東西方向的劇烈擠壓造成的，台灣因此高山遍布。

因此，台灣以拔起擎天之姿，傲立海中。

在這個島上，海拔超過三千公尺的名山，達三百餘座。面積僅有三萬六千平方公里的一個海島，竟坐擁這麼多高山峻嶺，舉世罕見。

目前，這兩大板塊衝撞擠壓所產生的抬升作用，仍在進行。

我所站立的這座玉山，正就是地殼上升軸線經過之處。我置身的玉山山脈和眼前的這一段中央山脈，也正是台灣山系的心臟地帶，坐落在台灣高山世界的最高處。

6

我一次又一次走入山區，在玉山頂碎裸的岩石間踱步，時而環顧那些既殊形詭狀又單純重複疊置著淡入遠天或浮露於閒雲間的峰巒，當世界遼闊清亮的時候；而當風生雲湧，冷氣颼颼刺痛著我寒凍的臉孔，所有的景物和生命跡象又都急急隱沒了，甚或細密的雨陣排列著從某個方位橫掃而來，夾著風與霧，消失了一座又一座的山谷和森林。清明中見瑰麗，晦暗動盪中更仍是大自然無可置疑的巨大與神奇。

我於是開始漸能體會學者所說的台灣這個高山島嶼的一些生界特質了。真的，假使沒有這些攢簇競立的大山長嶺，台灣的幅員將顯得特別狹小，不見高深，風景則變得平板單調，沒了豪壯氣勢與豐富的姿采，而人與其他生物也勢必有著迥異於目前的生息風貌的吧。

對於生界的特色，氣候是關鍵性的決定因子，而對於台灣的氣候，我眼際裡的這些重重高山，正有著莫大的正面作用，像一道道相倚並峙的屏障般，在冬夏兩季期間，分別攔下了來自東北與西南的季風氣流，使得島上年年都有充沛的雨水，孕育出蒼翠的森林，並將全島滋潤得難見不毛之地。坐落於島上中央地帶的整個玉山國家公園，也因而成為台灣最重要的集水區。濁水溪、高屏溪和東部的秀姑巒溪這三條台灣島上的大水系，都以這裡為主要的發源地。

台灣山勢的崇高，也使溫度、氣壓和風雨都受到極大的影響而呈垂直變化，在海拔不同的地區造成極其明顯的氣候差異，使原屬亞熱帶短距離緯度內的台灣，出現了寒溫暖熱的諸種氣候型。動植物的類型，當然也就隨海拔位置的不同而大有變異。

台灣垂直高度近四千公尺，從平原走上玉山頂，就氣候和草木的變化來說，微地形、微氣候和微生態系姑且不論，大略等於從此地向北行四千公里。一個蕞爾小島竟有如此紛歧的氣候型和生態系，這又是世界難有其匹的。

台灣就是一座山，一座從海面升起直逼雲天且蘊藏著豐富生命資源的巍巍大山。這是造化奇特的賜予。我們大部分人大部分時間就在它的腳下生聚行住。我在玉山地區三番兩次進出逗留，總覺得自己已走進它的源頭了。

7

這個源頭，基本上，卻相當荒寒。

設於海拔三八五〇公尺之玉山北峰的測候所，測得的玉山地區年均溫是攝氏三・八度。攝氏五度的等溫線大致與海拔三五〇〇公尺的等高線相合。

而三千公尺以上的地區，在冬季乾旱不明顯時，積雪期可連續達四個月。

一般而言，由於氣候的因素，加上岩石裸露，風化劇烈，土壤化育不良，海拔超過三千六百公尺的地帶無法形成森林，三千八百公尺以上的地區，更可以說是台灣生育地帶的末端，只能存活著少數的某些草本植物。

我先前幾次走過這個高山草本植物帶時，只覺得滿眼盡是光禿的危崖峭壁，岩層破碎。勁厲的冷風，經常吹襲。這裡像是另外一個世界。間或出現在石屑裡的小草，看起來毫不起眼。我不曾為它們停留過疲累的腳步。

然而六月底再次經過時，我卻為它們展露的鮮豔色彩而大感驚訝。荒冷沉寂的高山上突然出現了一片蓬勃的生機。尤其是北峰周圍，可能因坡度較緩，土壤發育較好，花草甚茂，各種色彩紛紛將這個高山地域鑲飾得不再那麼冷硬：紫紅色的阿里山龍膽，晶瑩剔透如薄雪般的玉山薄雪草，藍色的高山沙參，黃色的是玉山佛甲草、玉山金梅和玉山金絲桃，以及在北峰頂上盛開成一大片的白瓣黃心的法國菊……。我開始帶著一本小圖鑑專程去進一步認識它們。

在長期冰封之後，這些高山草花，這時，正進入它們的生長季節。它們正趁著氣溫回升的短暫夏日努力成長，在一季裡匆忙地儘量完成從萌芽至開花、結果以至散播種子的一生歷程。

不過另一方面，我這時卻也開始了解到高山野花之所以多為多年生，原來是有其苦衷的。對許多高山植物而言，籽苗內的養分畢竟有限，無法同時供應成長與孕育種子之需，所以為了達成繁殖的目的，只得採取分年逐步完成生命循環的策略：第一年全心全意發展根系，次年發芽，然後年復一年的儲存能量，待準備充足後，再驕傲地綻放出美麗的花朵來。

但即使是這麼堅韌的高山岩原植物，在玉山主峰頂上，也已少見。我反而發現了兩棵玉山圓柏。四月初的時候，這一簇出現在峰頂稍南絕崖陡溝中的綠意旁，仍留著一小堆殘雪。它們是台灣最高的兩棵樹。

然而就植物生命而言，地衣則還高過了它們。顏色斑駁地貼生在山巔裸岩上的這些地衣雖屬低等植物，但因不畏高山上必然強烈的風寒和紫外線，且能將假根侵透入岩石內，逐漸使之崩解，使高山上高等植物的生長成為可能，因此一向是惡劣環境中最強悍的先鋒植物。

至於動物，據說在溫暖的季節，仍會有長鬃山羊、水鹿和高山鼠類在此出沒。但我三度登頂，卻只有在四月初的那一次看到一隻岩鷚。只有一隻。牠長得胖胖的，離我約僅一丈，在板岩碎屑上慢條斯理地走著，毫無怕人的樣子。灰色的小小的頭，時而啄點著地面，時而抬起來四下顧盼，背部灰栗相間的覆羽在颸掃的冷風中不斷地張揚起伏。

這就是台灣陸棲鳥中海拔分布最高的鳥類，而且是世界上僅存於我們這個島嶼上的台灣特有亞種。

可是為什麼只有一隻呢？牠真的能在這麼高寒的裸岩間找到果腹的小蟲或植物種籽嗎？興奮之餘，這些都不免令我疑惑。

8

我一再地攀爬跋涉於玉山頂一帶，後來彷彿覺得幾乎要成為一種迷戀式的追尋甚或膜拜了。我逐漸察覺到，自己似乎愈來愈期待著要在每次的山野漫遊中，在某個時刻，通過高山世界那種亙絕千里的恢弘大氣勢，通過周遭或恆久或瞬息生滅的形色聲氣和律動，去和什麼東西連結起來，譬如土地，譬如時間，等等。我是已體會到了我可以為之歡欣的某些什麼，但我仍貪婪的希望能確切地把握得更多。

然而，經過了一長段時日之後，玉山頂所有的那些經歷，在記憶中其實有一部分卻已混淆起來；某些個別的興奮心情雖還在，但印象中所有的那些或美麗或偉大的色彩和聲音，形狀和氣質，所有的那些我曾有過的感動或震撼，領會或省悟，最終都混合成單純的某些繫念和啟示，留存在心底裡。

當夏天過去，秋天來到，高山的花季迅速銷聲匿跡，冷霜降臨，多刺的玉山小檗的葉子轉紅了，掉落了。然後是冬天，一片皚白的冰雪世界。那些裸岩、地衣，那兩株海拔最高的圓柏，以及全部的那些堅苦卓絕的高山草花們，都將一體覆蓋在厚厚的白雪下。而那隻孤獨的岩鷚，應該也會往低處移居的吧。

然後，也許四個月之後，春天回來了。然後夏天……。好長好長的一再輪迴的宇宙歲月，大自然的歲月，我目睹過的那個玉山地區高山世界的歲月。

我懷念這樣悠悠嬗遞著的歲月，同時相信這其中必然存在著可以超越時間的義理和秩序，一些既令人敬畏卻又心生平安和自在，既令人引以為傲卻又願意去謙虛認知的屬於高山、屬於自然、屬於宇宙天地的義理和秩序。

排雲起居注

1

幾次在玉山地區留連活動，我都住在主峰西坡下的排雲山莊裡。山莊標高三四八〇公尺，朝東南，背靠著由玉山主脊伸往西峰的支稜，在冷杉圍繞的山彎腰部。隔著掩遮在杉林與箭竹下的深谷——楠梓仙溪最高水源之一，遠遠面對的，也是峭立著冷杉純林的絕崖。

登山客一般都從將近十公里外的塔塔加鞍部登山口西來，大致於午後抵達山莊，並住宿一晚。要看日出的人，隔天凌晨約三點就得動身，摸黑走二・五公里、落差近五百公尺的岩壁小徑到主峰頂上。他們在黑暗一片的室內外整裝和穿梭，山莊頓時熱鬧而混亂了起來，招呼聲，碰撞聲，在點點走動的燈光和人影間此起彼落。

我有時和他們一起出發，有時則繼續躺在溫暖的被窩裡。等他們走了，我就靜靜地聽屋外風吹過樹木，摩擦著岩石或屋宇的聲音。當黎明逐漸透露在窗玻璃上，屋外的風聲中跳躍著鳥的啼鳴，也許我就起床，在室內生火取暖並準備早餐。

高山上的天氣是很難說得準的，微地形且常自有其微氣候，無法一概估測。天氣好時若沒去看日出，早晨的時間，我通常會較為專心地去山莊附近看鳥，因為這時段，就和黃昏一樣，鳥類最常現身，也最喜歡鳴唱。其餘的時候，我就閒閒地去四處的山林裡漫遊，隨興之所至，也不一定有什麼目的，或刻意去哪裡，反正在山裡，看的都是山和雲霧、樹木和鳥獸就是了。

中午通常我並不回山莊吃飯，只簡單地吃一些乾糧，然後繼續在山野裡晃蕩，直到暮靄漸臨，或是濃霧突然罩住了滿山遍野時，才有些疲累地回到山莊，而若是天候還算晴朗，就在附近找個可以遠眺的所在，觀察那日落的整個過程，遙望溪谷遠處阿里山山脈一帶天空中永難預測的雲和光和色彩的結構變化，目送著一個日子如何在那雲層無聲而緩慢的沉降中從白天莊嚴地過渡到黑夜。

在那過渡的歷程裡，在所有的那些山巒的剪影和色澤裡，在整個的大氣層中，我總覺得彷彿有一種令人內斂沉思的特質，讓我從一天的身心漫遊中逐漸收束回來，使內心漸趨平靜和溫柔。

然後，一顆顆晶亮非凡的星星可能就會陸續出現在洗過水般泛著光的墨藍色天空中。氣溫也愈低了。

晚上，當我躺在床上，總感到一種安詳和幸福。當天經歷的一些風景的片段印象，山林的氣味，鳥禽飛行棲止的姿勢，一起伴著我入眠。

2

排雲山莊位處向陽坡，而且比較而言，還頗能避風，但因海拔高度的關係，給人的感覺，似乎經年都非常冷。一月中旬，我從塔塔加進來，行至五・五公里處，海拔約三千公尺的鐵杉林時，就開始走在雪花紛飛中了。黑色的棧道上都積了雪，腳踏過時，喀喇作響。山莊地面的積雪則達二、三十公分。再經過一夜的降溫，早晨走出門外，彷彿走進一個酷寒的大冰窖裡。在那幾天裡，室外一直維持著零下的溫度。

四月初，晨間的氣溫也都在攝氏三、四度。

水更冰，不論季節。許多人都省了洗臉刷牙的慣常行為，因此在老登山者之間竟然發展出早上刷牙當日會下雨的藉口。

不過夏天裡，山上也有極為燠熱的時候，因此可能在一天內經歷四季的變化：入夜至清晨奇寒無比；陽光初露時，清涼的風從樹林裡微微擴散而來；中午陽光灼熱刺人；近黃昏時可能起風了，從山上陣陣壓襲而至，涼意蕭瑟。

起風當然也不一定要在黃昏時。山中空氣受熱和冷卻都極為迅速，膨脹收縮此消彼長，空氣的流動因而強烈。有時早上起來生火，發現到不知何時開始的強風卻從屋頂上的煙囪口不斷猛灌進來，一再地把柴火吹熄。山莊管理員低頭撥柴薪；在忽明忽暗的火光中，是一張有如玉山杜鵑的葉子，因常年暴露在風霜中而顯得粗糙凍紅了的臉。

管理員說，有一年冬天，早上醒來，發現夜裡的一場大雪把門窗都封住了。

那樣的冬天，以及季節的所有變化、陽光雲霧雨雪的變化，其實顯示的，也只是大自然裡一些無可違逆的力量罷了。

3

從排雲山莊往玉山主峰的途中，有一條折往南峰的小徑，其附近恰好是一道極為明顯的森林界線。森林到此已是生長的極限了；界線以下是筆直昂立、林相優美的冷杉林，以上則是樹型迥然不同的玉山圓柏和玉山杜鵑所代表的矮盤灌叢帶，以及更往上以至峰頂的岩地草本植物帶，涇渭分明。

我曾幾次在這條山徑上徘徊，看這些圓柏和杜鵑的長相，有時則索性斜躺下來，看陽光或午後常有的雲霧在灌叢間川流和逐漸瀰漫。運氣好的話，也許還會聽到鷦鷯在樹叢中吱吱吱的輕叫。

玉山圓柏，其實是具有長大成大喬木之基因的；我曾在秀姑巒山東南側山腰和玉山北峰東南坡避風的谷地旁，見識過勁直高大的圓柏林。

但是在這個亂石處處的黏板岩山坡上，風、冷、重雪和稀薄的空氣，卻逼得它們以匐匍的低姿態活著，枝幹虯曲盤縮。在受風處，整個樹型則扭曲彎向背風面。因此無論是大面積叢生或單株成長，枝葉底下常能圍起一個較難透風的空間，以減低水分的蒸發，並保持溫度。

玉山杜鵑的生長策略大致相同。它們的枝條粗短，且呈不規則的分叉，向四側水平擴展，與外緣反捲的粗厚葉子一起層層重疊著，以縮小面積，減低蒸散作用，並因而經常形成有如半圓形綠蓬的外貌。其覆蓋的範圍，有的一株即可達直徑二公尺以上。它們的成長當然十分緩慢；據專家的觀察研究，玉山杜鵑的莖一年只增粗〇・二至〇・五公釐。如此算來，直徑僅三公分的樹幹，其樹齡即已高達六十至一百五十年了。

玉山小檗是另一種散生在這個岩原地帶的木本植物。不過，這種小灌木卻以落葉的方式過冬。夏日時，它那嫩紅的新葉伴著黃花，點綴在蒼綠的圓柏叢中，別具一番嬌柔味。入秋後，葉子由綠轉紅，然後掉落，只剩得長有針刺的暗褐色空枝，一起與猶然堅持著綠意的圓柏和杜鵑，以及岩隙間所有的草花們，靜待著冬雪的降覆，也靜待著另一個春天來臨時的復甦。

時序緩緩輪迴流淌，這些典型的高山灌木就這樣長期地適應著惡劣的氣候與地質，成為本島最高處的一片樹木族群，在高山上塑造了獨特的地理景觀，也為這裡的生物群落系統扎下了一個根本的基礎。

這真是奇妙啊，自然界裡的一些力量的確無可置疑，但在長期面對著這些力量中，自然生命卻也發展出了一套動人的生態秩序！

4

每次從塔塔加鞍部一路走上排雲山莊，或是從山莊下鞍部，對我而言，便經常就是一次比一次有心得的對自然界裡某些秩序的愉快體會之旅。

鞍部標高二六八〇公尺，已超過二五〇〇公尺的所謂高海拔與中低海拔的分界點，而在植物分布上，針葉林大致上也已完全取代了闊葉林。從此地到排雲，一路上所看到的喬木都是物種十分古老、終年常綠的針葉樹。

常綠與針葉的特色，正與高山寒冷的氣候有關。

常綠，使樹木不必因需年年更換新葉而消耗掉寶貴的能量，而且在初春一有足夠的陽光時，不凋的綠葉能立即吸收陽光中大量的熱，立即行光合作用。尖硬細長的針葉，則既能抗風又不易積雪，且因內含的汁液甚少，在酷寒的時節不致有結凍之虞。針葉表面另有的一層厚厚的蠟質，更可使葉表細胞不至於流失水分。

不過，不同的針葉樹種所能適應的生長條件仍有差別。由鞍部至山莊，當我們逐步往上走，便可以在不同的路段與山坡上，看到一系列植物相的變化，看到某個樹種物種特別多而形成的各種植物社會，以及植物社會演替的一些階段。

所謂植物演替，指的是同一地區內的植物組成由簡單趨於複雜並終而成熟穩定的過程。以這段路途而言，從登山口至步道的一・五公里處，主要是高山草原和稀疏的台灣二葉松所組成的次生植被——原有植被遭到人為或自然的破壞後再度生成的植物。箭竹與高山芒之類的草本植物，即是所謂的先鋒植物，它們最先在此衍生。它們除了能夠保護表土之外，且提供土壤中的腐植質，讓二葉松以及杜鵑、假沙梨之類的灌木得有在此成長的條件，並且為最後階段的大喬木的出現做準備。

過了一・七公里處以後，箭竹突然增多，二葉松也更形茂密，這個現象告訴我們的是，這一帶植物社會演替的階段，已比塔塔加鞍部者進步許多。

在步道四・三公里至五公里附近，即是著名的白木林景觀。構成這些白木林的主要樹種是鐵杉。但是在火災之後，它們卻只殘餘下來露出白色木質層的枝幹。白木林下的箭竹、杜鵑和小鐵杉，所訴說的，也仍是植物火焚後艱苦再生的初階過程。

步道再往上，在演替過程中已達終極相的鐵杉原始林出現了，樹幹粗壯，枝葉茂盛。然後，漸漸地，鐵杉林再過渡為冷杉。從六公里處開始以至排雲山莊以上，則轉變成幾乎盡屬冷杉林的天下。

再往上就不見任何高大的樹木了……。

這樣的秩序是相當奧妙而有趣的。我逐漸從粗淺簡單的觀察認識中開始體會到了自然界裡一些華麗而豐富的意義，也讓我對自然漸生出一種安全感。

5

無論是在塔塔加鞍部至排雲山莊的步道上，或是在山莊附近的山間，我幾次攀爬漫遊，都不曾發現過大型的動物。鳥倒是不少，尤其在排雲附近。

可能由於眾多的登山客殘留下食物的關係吧，排雲山莊旁，在冰雪漸融之後的季節裡，常會聚集著許多鳥。住在山莊時，我幾乎隨時都可以看到鳥在山莊前面那處時常存留著垃圾的低窪地上出沒。牠們忙碌地在那地面上和周圍的灌木及草叢中飛躍起落。春夏之交，高海拔的代表鳥種約略都到齊了。其中出現最頻繁的，依序大概是：酒紅朱雀、鷦鷯、金翼白眉、栗背林鴝、煤山雀、岩鷚、烏鴉……。另外，還有三隻松鼠。

然而，我並不很喜歡看垃圾堆上的鳥，在這麼高遠的山林間有垃圾成堆，是人類和文明對自己的大諷刺。

排雲往主峰的小徑入口處，有一塊斜向路面的巨岩，早上若是我沒上山，也許那時候太陽已經爬至東邊高聳連綿的玉山主脊上，我就去那裡，躺在上面，感覺那陽光穿透深深的寒意溫暖著我的肌膚，一邊看鳥。

最常見的是鷦鷯。五月初的時候，因為已進入繁殖季節了，若加上天候適合，牠們便顯得相當活躍，不時在冷杉底層作短距離的飛行，一邊發出那種音節急促清亮又拉得很長的婉囀鳴唱。牠們有時會竄至冷杉幼樹最頂端新生的直立主枝條上，四下顧盼，尾巴翹得很高，唱幾個音後又突如其來的縱飛入草叢中。而隔沒多久，也許就有一隻鮮豔的雄酒紅朱雀飛來，接替牠站在原來的位置。

我更記得有一次，一隻鷦鷯在離我不到兩公尺的一棵冷杉灌木中層橫出的枝條上停留了好幾分鐘。從望遠鏡裡，十分清楚地看見牠圓滾滾的棕褐色身體上許多細細的灰白斑點。但不知何故，牠小小的頭老是不停地左右搖晃，尾巴且一邊隨之轉動，偶爾休息幾秒鐘後，又重複先前的動作。後來，我甚至看到牠大大地張開嘴巴，旁若無人地打了一個長長的無聲的呵欠。

栗背林鴝有時則會飛來我置身的巨岩下，在小徑上跳兩下停一下，跳兩下停一下，一副既緊張又從容的樣子。雄鳥的顏色華麗莊重，搭配得真美：墨黑的頭頸上，明顯的一道細長的白眉，上胸和兩側肩膀上的羽毛橘紅色，下身是柔和的棕青。雌鳥的色澤就拙樸多了。牠們頻頻出入於小徑的地面、兩旁的灌叢和冷杉之間，時時細細地鳴叫。

煤山雀則喜歡逗留在冷杉樹上，並不時一直重複著單調的兩個音的「啁——啁、啁——啁」的歌。在濃綠的針葉枝椏間，牠們小巧的身軀和煤灰色的外表，並不突出，但透過望遠鏡仔細打量，卻不得不讚嘆那素樸的容顏自有其高雅迷人的風味，而那短短的黑色冠羽，則堅持了某種驕矜的神氣和俏皮。

還有，名實相副、體型碩大的金翼白眉；還有火冠戴菊鳥；還有，烏鴉……。

關於鳥類因海拔和樹種的不同而對棲息地帶各有所好的情形，我雖然也注意到了，但畢竟認識有限，無法確切把握。我之所以特別提及這些高海拔的鳥，只因為牠們曾讓我在排雲山莊度過好幾個快樂而寧靜的晨昏。

6

循塔塔加步道登山，目前，已成為一條相當熱門而近乎大眾化的登山路線。但是登山客的眾多，卻也為這片高山上的自然世界帶來不少的干擾。許多人辛苦攀爬趕路攻頂，但似乎很少靜下腳步和心情去體會沿途自然景觀中的美、神祕和秩序。他們下山時，除了多一次旅遊經歷之外，心靈上的收穫可能並不多；他們反而把許多人語噪音和垃圾留在山裡。

七月上旬，我有一次去北峰，回程時，上午原本溫煦無風的天氣突然變了。灰白色的濃霧一直從稜線西側沙里仙溪深陷的谷地裡緩緩蒸騰而上，全面地沿著這個單面山的絕崖頂冒出來。西半邊的天空和山林，逐漸消失在那飄忽擴散的雲霧裡。雨開始隨風灑落。東半部的天地卻仍在陽光下，偉壯美

麗。

我回到山莊時，救國團主辦的暑期玉山活動隊，也剛好有另一梯次零零落落地抵達。有些人的衣服和裝備都濕了。他們在侷促的山莊內外進進出出，一團紊亂。

他們每天都有一個梯隊上來，都是一些青年的男女學生。我已連續兩晚在山莊裡領受過他們所謂的團康活動中的笑鬧起鬨和歌聲，所以決定冒雨走三公里的路，去西峰下白木林的避難小屋獨宿。

雨不斷從冷杉平展的枝條滴落。這一帶的冷杉林下，密密的都是箭竹，和排雲以上的冷杉下滿布岩塊的情形很不一樣。我走沒多久，沒穿雨褲的下半身已被箭竹上的水珠沾濕。沿途闃靜無風，只有浸濕了的草葉和樹木發出的一種奇怪地令人覺得高興的味道，隱約從兩旁散發出來。

一隻金翼白眉，有一陣子，一直在我前面和我保持著十來尺的距離，在雨中的步道上漫步。

到達小屋時，雨仍在下。灰色的雲層在楠梓仙溪的溪谷上方往上游緩緩移動。下緣的雲氣則像淺紗般迅速翻滾飄浮。下游一帶，雲層中止，露出灰藍色的天空，西斜的太陽也兀自亮著金黃的光，從遠方山巒間另一層球簇狀的白雲底下斜斜照到我佇立的這個山坡上。

微風從溪谷吹來，擾動茂密的箭竹草坡，日光和漸細的雨絲也在風裡溫柔地擺晃。彷彿那光和雨是活的。白木林也是活的，在細緻的雨和夕陽裡泛著亮光，神祕而醉人。四周的草叢間有許多鳥叫聲，其中叫得最勤的，是山坡下方遠處一隻不停地在滴滴答答地打著電報的褐色叢樹鶯。

這一晚，我很早就躺在木板床上。溪谷裡的水聲一直隱約響在耳邊。偶爾還有某隻動物在附近箭竹叢中和屋頂上走動的聲音，以及時停時下的雨聲。

所有的這些聲音，還有微微的寒氣，都使這個山野的夜晚更為寧靜。想到此時山莊的熱鬧，心中更覺滿足。我雖然一個人，卻不感到孤獨。

7

對於高山的自然世界，我之所以能從近乎完全無知到逐漸曉得如何去欣賞或觀察，並從而可以粗略地體會其中的一些奧妙，得要感謝許多研究者。

我在排雲山莊逗留時，便曾遇到這樣的一位研究者。

他研究的是玉山地區小型哺乳動物與植物環境間的關係。他從中海拔一直實地調查到玉山頂的附近。我曾看到他一個人踽踽獨行在排雲往南峰的小徑上，在森林界線帶的矮盤灌叢間收集他用夾子捕獲的鼠類。

時間對於研究人員來說，似乎永遠都很緊迫的吧。有幾個晚上，我看到他就著微弱的蠟燭光，將捉回的鼠類一一解剖，然後取出內臟，分裝入試管中，再貼上標示，同時將鼠類的屍體加以防腐處理，一邊在簿子上作紀錄。

他要把這些內臟和鼠屍帶回山下的研究室作進一步的分析，以了解其生態習性。

許多登山客不時在他身旁來回走動或談話。燭影搖曳中，從他那專注瘦削的臉上洋溢出來的，是一種很細緻的神情，一種令人敬愛的品味。

我知道，他所沉潛研究的學識，並不是閃爍輝煌、惹人注目的；他只是試圖從一個看似沒什麼值得理解的一團現象中去挖掘和掌握一些要素而已。

然而，這種嘗試，豈不可能也就是解釋高山自然生命的各種關鍵之一嗎？

是像他這樣的許許多多默默工作的研究者，使我們體會到萬物之間相互依連的關係，使我們逐漸曉得這個島上有何其珍貴的天然資源，逐漸了解我們所存活的這個世界之真相的。

是像他這樣的眾多研究者的辛苦努力，為我在高山自然世界中摸索行走時解釋了諸多的困惑，並激起更深的好奇心。

原始闊葉林獨訪

1

我從海拔二六八〇公尺的塔塔加鞍部出發時，七月初早晨的太陽剛從玉山山塊南北蜿蜒的主脊稜上露出臉來。山脈下的楠梓仙溪溪谷和兩岸的山坡，一半背陽，一半沐浴在溫柔的曦光裡。在安靜的嵐氣中，綠色的山林都蒙著輕輕的藍，愈遠愈濃。

往玉山的步道就從這個鞍部開始，沿前峰——主峰連線的向陽坡往東爬升；我看到陡坡上的幾個路段顯露在陽光裡。那曾是我跋涉過好幾次的路。但這一次，我卻要往下走，往南循鹿林山東斜坡下的楠溪林道一直迂迴而下，去玉山山脈西部的大山腹中看殘存的原始闊葉林。

這時節正是山上的花季，林道兩旁總不時出現一些燦爛的花色，大都是平地少見的：紛繁細碎嫩黃色的大花落新婦；雪白的花瓣背後泛出紫暈線條的台灣百合；精雕細琢地密密組合的台灣繡線菊，以及玉山金絲桃、玉山石竹、一枝黃花……。它們都全力地在為傳宗接代的目的展現各自的姿色和氣味。

鳥類也很多。尤其是林道的最前段，幾乎鳥聲不絕。許多灰頭花翼畫眉、冠羽畫眉、頭烏線之類的小型畫眉鳥，成群地在雲杉幼樹和矮灌叢間飛竄跳躍，忙進忙出。但隨著太陽的升高，鳥也轉為沉默了。

這個地段原屬針闊葉混合林帶，應有許多高大的檜木、雲杉和闊葉樹才是，但一路所見卻大抵只是些亂林野草，林相支離破碎，是天然植被遭破壞後再生的。當陽光愈來愈強，在這樣的山林間行走，不久便覺得有幾分乏味和疲累。

幸好還有路邊那些繽紛的草花可觀。玉山主峰——南玉山連線的脊梁山脈，也一直隔著楠梓仙溪，遠遠地陪我前行，隨著林道的轉折而改變著形勢。有時，小彎嘴或白耳畫眉嘹亮的啼聲從某處傳來，同樣地給了我不少安慰。

我時走時停，愈走愈熱，近午的林道上，一切都是靜止的。闊葉樹逐漸增多。

經過一處人造的檜木幼齡林後，才終於看到房屋和苗圃。迎接我的是不知誰留下的一隻跛腳鵯的數聲叫喚。

我先找定晚上歇宿的地方，並接上水源，四處巡走一番，然後坐在石階上的樹蔭裡打量這個已廢棄的林班工作站。

我計畫要去的那片原始闊葉林，則還在大約三公里外，在林道的更深處。

2

林務局的楠溪工作站，曾經是一個森林大砍伐的基地。砍伐作業肇始於國府接台後。

一九四九年至五三年間，林務單位針對玉山——西峰連線以南的地區實施每木調查，初期擬定擇伐作業，以紅檜、雲杉、鐵杉為目標，選擇樹形較差或枯立木作為採伐對象。

一九五四年，以人力和炸藥兼施的方式開鑿楠溪林道。主要路段由塔塔加鞍部伸入海拔約一九〇〇公尺的工作站。長八・七公里。

一九五五年十二月，開始出材。

一九五八年，為了採伐楠梓仙溪和南玉山一帶的雲杉和紅檜，林道再往南延伸，穿過溪谷。

一九六〇年，改採皆伐作業。由鞍部以降，楠溪地域的珍貴天然林，自鐵杉、雲杉林帶，檜木林帶以迄暖溫帶闊葉林，都落入了全面性的大伐殺期。

3

我去尋訪的那一處原始林坐落在海拔約一八〇〇公尺的林道旁。有一位研究者在其中設立了一個樣區，且曾對該區作過地毯式的調查，登錄植株的分布，並從而探討了族群的特色。將近一年前，他曾經帶著我們一群人在林內走了幾步，讓我們稍微感受原始闊葉林內的況味。如今我獨自前來，選擇這個樣區作為觀察點，也無非是要較深入地再去體會當時的一些印象而已。

我很容易就找到了這個樣區；我看到樹林邊緣的一些木樁和標繩。密林裡鬱綠幽深，看似難以穿越。我站在林道上對著它猶豫了幾秒鐘，然後，決心踏進去。

林內一片濃濃的蔭綠與暗褐色，陰涼安靜。千百種樹木在這裡成長。高大的喬木粗壯宏偉，伸張著巨大的枝椏，形成最高的一層樹篷，其下則是較矮小細瘦的喬木或幼苗、灌木以及筆直的大型蕨類植物。形狀千奇百怪的木質藤，便在這些樹林間攀越纏繞，或者垂了下來。我看到有些木質的藤莖甚至於粗如手臂，尾端則繞在很高的樹篷上，看得出是在很小的時候就隨著它所攀附的樹苗一起成長的。它們在茂密的林中構成了一個龐雜而又神祕的網。

而在坡度緩陡不一的地面上，則厚厚地積覆著或腐爛或半腐的落葉枯枝。腳步落在其上，好像踏在海綿上，有著一種輕輕軟軟的彈性。許多蕈類、蕨類和草本植物，以及盤錯的樹根，就從那黑濕濕的腐葉層裡長了出來。蕨類和地衣也附生在許多大大小小的枝幹上。

這是一個生機蓬勃的世界，但也是一個靜寂而密閉的世界。從樹林裡向上張望，午後的天空成為細細碎碎的小點，稀疏地透露在層層綠葉的縫隙間，只有偶爾風吹過林梢或鳥的跳躍，才會微微攪動了那些細碎的白。

在這些層層疊疊覆蔭著的枝葉下，在猖獗生長的植物中間，我定定地站著，感受那宏深的寂靜。但我分不清楚遍布在我四周的這種寂靜是魅力或威脅。我也不知道，自我心中冉冉升起的情緒，是感動呢還是恐懼。我只覺得，這寂靜，這些植物存在的樣子，以及從中隱隱散發出來的一種既清新又霉腐的奇異氣息，一起進入我的心裡，讓我感到這整片原始闊葉林的偉大，以及神祕，而人，尤其是我這樣單獨的一個人，是渺小的，微不足道的。

我繼續在這片叢林裡小心翼翼地走動時，腳步偶爾突然陷入腐葉層或腐枝，那聲音總是使我嚇一跳。

4

其實，我也曉得，這些原始的闊葉林，並不像我所看到的那般安靜。

生長是自然界最強的力量。將這股力量表現得最為徹底的，則非樹木莫屬，特別是日照、溫度、雨量和土壤都適宜的一些氣候帶上的樹木。楠溪流域這一帶的原始闊葉林，正是其中之一。

種類繁多的植物在此萌生滋長。植物之所以是植物，即在於當它們在一個地方生了根就動彈不得了。為了爭取陽光作為製造食物的主要能源，它們只得調整葉子的角度，並儘量將枝幹往上伸；為了穩固基盤並吸收水分，它們發展出不同的根系。闊葉林中的每一個生命，因此發展出各式各樣複雜而奇妙的適應性，或者獨力奮鬥，或者幾種樹木結盟共存，或者依附寄生，其中的每一分子都有它獨特成長的故事，以及，因而形成的它的生態地位。

也正由於樹木種類豐繁和適應性紛雜，生長階段不一，高矮不同，原始闊葉林約略形成了四層樹冠：大喬木、小喬木、灌叢與林床上的草本植被。當我站在這片綠色的叢林間，辨識著各層樹冠如何各得其所地構成了一個複雜而嚴密的華蓋時，那隱然顯示的植物的強悍生命力，那豐美的秩序，總讓我深深驚嘆。

這個秩序，這個由眾多的物種間取得適應與平衡的均勢，其實，是千萬年來它們在這個地區的一連串演化的結果。這是它們自行發展出來的最安全的生活形式，是最穩定成熟的一個生態系的基礎。

原始闊葉林裡的這個秩序，也使得它在水土保持、涵養水源並調節水流的功能上，扮演了一個極其重要的角色。

當雨水落下，由於有各層茂密的樹冠重重承擋把關，幾乎任何雨滴都無法直接打到地面，再加上盤錯的根系的固持，土壤幾無流失的機會，並因而也使下游的河川或水庫免於淤積。

當夏日裡這個地區豐沛的雨水落下，這整片蒼鬱蔥蘢的叢林便發揮它的貯存作用，把大量的降水貯留於地面上那厚如海綿般充滿著空隙的腐植質層內，一方面經由根系的吸收，將水留在莖幹裡，然後或者，經過植物的蒸散作用，由葉片蒸發，回到大氣層內，使水的循環得以一再持續，或者因滲透壓而慢慢釋放，成為地下水，或枯水期裡猶見的涓涓細流。

原始闊葉林，是精密地自動調節的水庫，是大地的守護者。

然而，某個受尊崇的學術研究單位，在一九七七年出刊的一本自我介紹的書冊中，竟然是這麼說的：「……往昔林地，多被低價之闊葉樹天然林所據，且其林分經已成熟，生長量幾與死亡量相抵，蓄積既低，材質又劣，故必須予以更新，改為價高質優生長迅速之經濟樹種，以期充分利用地力。」

5

向晚時分，我返回工作站。一腳剛踏入我準備過夜的那間屋子時，突然兩團黑影撲躍而起，啪啪作響地從我身邊奪門而出，急速逃向空中。我驚嚇了一跳。等心神稍定，我才覺悟到那大概是烏鴉。屋內靠牆放著半袋挖了一個大洞的米；也許是偶爾來此的林班工人留置的糧食。烏鴉竟然也登堂入室來分享了。

暮色聚合得很快，毫無聲息地從四面八方向著工作站前較為開闊的空間瀰漫。氣溫也迅速下降。我到屋後苗圃旁的樹下找了一些山芹，準備當晚餐的菜蔬。許多鳥叫聲在附近的樹林裡，其中最清楚的，仍是白耳畫眉嘹亮的歌聲。

我早早就緊閉房門，在床上躺下來，因為行走一天實在也累了，而且有一位經常爬山的朋友告訴我，若一個人住在山裡，不管住的是帳篷或當地的小屋，也不管能否入眠，最好在天黑前就進入睡覺的位置，半夜若有任何聲響動靜，切勿因好奇而起身外出察看。他的意思，我知道。黑夜的深山野地是一個不可知的世界，對一個不熟悉山林的人可能會帶來不必要的威脅或危險。

我躺在溫暖的睡袋裡大概曾睡著了。但不久就醒過來；可能是月色將我喚醒的。我驚異地坐起身子，看到幽亮亮的光輝灑在整個睡袋上，在大半個房間裡。透明的窗玻璃外，是高高斜掛著的一輪明月。

雖然有點害怕，我還是走了出去，坐在門口的木塊上。我沒想到今天是月圓的日子。

晶瑩的月和墨藍無雲的天空，好像都經冷冽的山泉漂洗過，一起泛著銳亮清澄的寒氣。谷地對面，南玉山連綿橫亙的陡峭山壁，在月色裡，像極了一面巨大無比的墨色屏障，肅穆逼人。山頭起伏的剪影，高高地凸向空中。向著那排山壁底下的楠梓仙溪緩斜而下的這整個谷地上，暗影幢幢。月亮在所有的東西上面灑下了一層水似的銀輝——在樹林間，在廢棄的工寮屋頂上，在苗圃，在我的身體上。輕柔的月色和凝重的所有景物之間，形成一種十分奇異的對比，氣氛懾人。

除了嘶嘶的蟲鳴之外，樹林圍繞的這個天地間，沉沉寂靜，並沒有多少聲響。偶爾恍惚聽見的唏嗦聲，就像是從月色本身發出來的。我屏息諦聽，後來才真的聽到了一隻貓頭鷹的低喚，聲音也是沉沉的，在似亮還黑的谷地間迴盪。

在重重包圍著我的這些閃著寒冷月色的樹林裡，或者會有其他的動物，也正對著我眈眈注視嗎？

打算獨自來這片原始闊葉林的地域之前，我曾擔心會碰到傳聞中非常狡黠的台灣黑熊。但那位一度常在這裡出入的研究者卻覺得好笑。「人家處心積慮地想一睹牠們的真面目都苦無機會，你又怕什麼？」他說，「你沒那麼好運氣哪！你怕牠，其實，牠更怕你。」

我在這個地帶遊蕩了一天，總共只看到一隻黃鼠狼從我眼前的林道上奔竄而過。

然而我還是覺得，在這個月色澄澈的夏夜裡，在那些一直散發著一種難言的氣息的黑色叢林間，必然會有許多鳥類、昆蟲和走獸。牠們在此覓食和鬥爭，生息和繁衍。這些仍是牠們在自然野地裡的秩序。

所有的植物在這個月夜裡生長；而動物，有的在睡覺，有的在四處活動，警覺地從黝黑的叢林間對著我這個闖入者凝視。這是一個屬於牠們的自然世界。牠們的這個生存環境，更非我所能理解。

我開始覺得，自己在這裡，也許並不受歡迎。

6

隔天清晨五時，我就起床了。這次是被鳥聲叫醒的。各種鳥的鳴叫聲糾纏交雜，在我周圍遠近的樹林裡響個不停，有的是繁複婉轉的調子，有的僅是一個短句或只有一個單調重複的音符。在聲音飄忽起落間，天地慢慢從黑轉亮。

鳥類迎接黎明的合唱大約維持了半個鐘頭，然後漸趨寥落。

我再一次沿著通往那片原始闊葉林樣區的林道向下走。兩旁的樹叢內仍然鬱鬱幽暗，彷彿還瀰漫著淡淡的水氣。一股無邊的靜穆一直從林子裡散發出來。偶爾有水滴落在葉子上的聲音。

林道沿途竟然很少有鳥鳴聲，但有時忽然間又會從密林深處響起一陣呼嘯叫鬧，但接著又告消失，整個叢林的世界再度歸於寂靜。

我繼續走到橫跨在楠梓仙溪的一座木橋上，橋下的澗谷裡滾滾流著激越的水。這就是從叢林根系釋放出來，從地底滲透出來的水源了，乾淨清澄。風從那些衝滾濺盪的水花中陣陣揚起，不斷翻動懸垂的枝葉。

我在橋上坐了很久，腦子裡幾乎不思不想。這很好。沒有人知道我在哪裡。時間慢慢流過，從水聲不絕的一片難以穿透的寧靜中流過。

午後，開始起霧了，像灰白色的幽靈般從好幾處樹林裡飄浮蒸騰而出，行動似乎很慢，但很快就把我籠罩在中間。四周景物朦朧，萬籟無聲。我心中又開始隱隱恐懼起來。我想，是該告別這一帶原始闊葉林的時候了。

觀高還須能望遠

1

玉山山脈的主稜呈南北走向。但這個脊梁上，卻也同時橫跨著兩條東西向的支稜。登山界赫赫有名的所謂玉山十一群峰，即並峙競秀在這些主支稜上。此外，從玉山北峰另有一條往東傾斜而下的稜脈，一直降至最低鞍部的八通關草原，然後再上接八通關山，繼續朝東爬升，一路延伸至中央山脈的秀姑巒山，於是因而，很完整地將這個島上兩大平行的山脈連接了起來，約略如英文H字母中的那條橫線。

站在玉山北峰的南坡，這條橫稜的走勢，一目了然。

然而，就在這條橫稜上，在八通關山的東北側山腰下，卻又另外伸出了一條朝北北西的方向緩升而去的稜脈，稜脊逐漸由瘦而寬，整個山脈正好夾在兩大山脈之間，東側隔著郡大溪大迴彎狀的源頭，與中央山脈相對，西側則與玉山山脈的北稜一起成為陳有蘭溪源頭深谷的兩岸。

這條山脈，叫做郡大山脈。它和玉山山脈一樣，在地形上是獨立於中央山脈之外的，兩者即合稱為所謂的玉山山塊。

而觀高這個地方，便坐落在郡大山脈南端的鞍部，在八通關山東北側的山腰下。

觀高這個地名，頗能說明它在視野上的一些優勢，不知是誰取的。觀高不高，海拔僅二千六百公尺，但從這裡，卻可以很清楚地看到中央山脈第一和第二高峰——秀姑巒山和馬博拉斯山——磅礡陡立的西壁和兩山相連起伏的雄渾氣勢。更往北的中央山脈群山的西坡就在郡大溪的右岸，層層疊疊。站在鞍部的觀高坪，則還可以望見玉山東峰和北峰遠遠地凸向天空。著名的金門峒大斷崖就在對面，崖頂露出八通關的一角青翠柔和的草原。

觀高曾設有林務局的工作站，包括辦公室、好幾棟工寮以及福利社，是森林大砍伐時期頗具規模的一個前進基地。台灣許多珍貴的木材就經由工作站前的郡大林道運往山下。工作站位於林道的六十七公里處。幾年前隨著砍伐作業的叫停，這些屋舍也就棄置在這個深山裡。目前有許多專家學者都將這裡當作一個研究站，他們定期來此作久暫不一的停留，對附近山區的動物生態進行各種調查研究。

因此，觀高留給我的記憶，有美麗和感動，但不免也有深沉的傷痛。

2

我第一次去觀高是在隆冬的一月初。每天在小屋進出，總會看到秀姑巒山和馬博拉斯山一帶相連的山頭和絕壁上積覆著的白雪。我也盼望能碰到一場雪，可惜都沒有，只是一味的冷。山坡伐跡地上長滿了的芒草和箭竹，一片枯灰，人工栽種的那些檜木幼苗有的死了，活的則呈鏽黃色，在密密的草叢間看似也已奄奄一息。布農族的巡山員早晨起來，第一件事就是用撿來的枯木燒火，坐在爐邊取暖。

晚上，我們更是經常圍在火堆旁，談話和喝酒。有時，我們會聽到山羌沙啞破裂的吼聲劃過黑暗的山林，但是待要辨認聲音的來處時，倏忽間，發聲的方位就變了。我時而從火堆旁站起來，舒展一下筋骨，抬頭看那一天圓似一天的明月。以前我從來不知道月亮可以這麼光明和潔淨。

每天晨昏，我都獨自去郡大林道走一趟，因為據一些研究者的觀察，這兩個時段裡，帝雉最常出沒在六十七至六十五公里間的林道上。

奇怪的是，我總共在這個路段來回走了十二趟，卻一次也沒見過牠們的身影。除了幾處如雞爪的腳印而外。

但是這麼多次林道漫步的經驗，卻也不是完全令人失望；在帝雉之外，仍有許多其他的事物使我感到興奮與滿足。

其實在山裡，只要保有一顆好奇的心，即使只是靜靜地坐著，就可以看到和感受到很多東西了，關於動物、植物，或是雲霧山巒。有時候甚至還會遇到一些意外的驚喜。

有一次，上午近十時，我一個人坐在郡大林道約六十三公里處休息。忽然，十來公尺外的山壁上一陣劈劈啪啪的響動。我嚇了一跳。我轉過頭去，看到一隻棕褐色的長鬃山羊衝至林道上。牠也驚疑地看著我。牠的體軀小小的，像山羌。陽光照著牠褐色的毛膚。牠對著我直直打量了幾秒鐘，然後才急急地跑往路下方的樹叢裡去。我繼續坐在路邊的石頭上，想著牠的模樣。

雲從東南方遠處的山頭一直急速上升，太陽很快就不見了。等我想到不妙，可能會下雨時，雨絲已迫不及待地打在身上。我一路淋雨趕回小屋。中午，天又放晴了。

又有一次，我看到一隻綠啄木飛到路邊一棵已經枯死的大紅檜樹上。這是我初次看見這種鳥。灰色的長嘴下有很明顯的黃色，兩翼綠中泛黃，頭部並無紅色塊，顯然是隻母鳥。牠直直地緣木而上。這也是我第一次看到鳥用這種方式行走。

觀高附近既有原始針葉林，又有針闊葉混合的次生林和草生地，所以鳥類眾多。但我仍要特別記下一些鳥類在林道約六十四公里處演出的一次晨之舞。雖然對鳥類和自然界裡的生物而言，這是極其尋常的事，毫無特別之處：

七點五十分。起先是兩隻岩鷚在路中央輕輕跳躍著啄食——也許是路邊的虎杖或芒草掉落的種子或是其他的什麼東西。褐色的腹側和鉛灰的喉胸部。濕潤的土路面雜著碎石，赤楊和二葉松的落葉稀疏散置。太陽這時正從秀姑巒積雪的山頭升起，曦光把路邊幾無葉子的赤楊的枝椏、芒草以及其他灌叢的影子，斜斜地照在林道上。

然後，一隻栗背林鴝忽然出現在岩鷚身邊。牠跳躍的動作較大，像活潑的踩高蹺者。林道上的光影在冷冽的微風中輕晃。三隻鳥就在其中啄啄停停，甚至於開始嬉玩。一隻岩鷚有一次飛起了身子，約兩、三尺高，旋又降回路面。不久之後，或許不到一分鐘吧，栗背林鴝忽然又躍入草叢裡去了。但緊接著卻有六、七隻大體為橄黃色的藪鳥出現在赤楊底層的乾枝上，牠們在樹枝和路面上來回跳躍，一邊嘎嘎叫著，根本無心啄食，好像是專程來遊戲的。光影搖盪。不久，不知什麼緣故，牠們竟集體飛竄不見了。

然後是一隻金翼白眉。牠也只在樹影裡停留幾分鐘而已。

兩隻岩鷚靜靜地繼續牠們的早餐。我趨近時，牠們並無害怕的樣子。甚至於只隔四、五公尺。我從望遠鏡裡很清楚地看見牠們翼側一排白色的覆羽尖和黃色的嘴基。一隻時而彎下嘴，啄腹下的羽毛，時而歪頭啄背。陽光漸強時，幾處山坡上的亮光越為擴大。我更向前逼近。牠們終於飛上路旁的岩壁上，輕輕細細地鳴叫，時而跳躍，時而安靜觀望。在發出最後的幾聲輕叫之後，終於一起飛走了。這時是八點十二分。郡大溪谷上，一側陽光耀眼，閃爍著翠綠，一側背陽，景物一片淡淡的墨綠色。

我繼續前行，盼望看到帝雉。

3

我曾將看到山羊的事告訴巡山員。他們說，自從郡大林道的中段發生大崩塌，遊客入山較難，人為壓力頓減之後，近年來觀高一帶的動物已有顯著的增加。我跟著他們到處走的時候，他們便經常教我從發現的足跡、排遺、食痕等線索中，分辨動物出沒的種類。其中包括長鬃山羊、山羌、山豬、獼猴、少數的水鹿，以及，甚至於台灣黑熊。

我們有一次往林道的深處走。沿途有許多捕獸的吊子。巡山員說，那是受雇於林務單位不定期來此砍草的工人設置的。他們一一將陷阱拆了。也幸虧這些布農族的巡山員原本就對山中的自然生物十分嫻熟；何處會設陷阱，他們其實了然於心。

林道曲折，每轉一個彎，方位就變了，峰巒稜脈的形勢和相關位置也跟著更改，忽近忽遠，忽左忽右。某些山頭有時忽然不見了，或者移往你不曾料到的方向；某些山卻又在不意中於某處出現，令人驚異和著迷。在約六十九公里處回望觀高，隔著郡大溪的源頭深谷，觀高上方稜線上的鞍部成為線條十分優美的彎弧，彎弧上方巍然浮現出遠處積雪的玉山東峰、主峰、北峰和北北峰，顏色層次各自不同，一起映著天空，氣勢偉壯。

林道旁的山坡有許多小崩塌地。每個崩塌地幾乎都有長鬃山羊的足跡。據說，山羊最喜歡棲息在陡峭的懸崖附近，僅有一條崎嶇的小徑可達。這種地形使牠們較不易受到天敵的攻擊且便於逃脫。牠們的腳和蹄部構造，則使牠們很能適應崩塌的碎石坡。

但這種習性和警戒措施，反而成了牠們的致命傷。獵人專在碎石坡附近設陷阱。在約七十二公里處，我們甚至在林道上方的險坡雜草中，找到了一隻落入陷阱後又被其他動物吃得只剩外皮和頭殼的山羊。血肉鮮紅，四隻腿骨仍與毛皮相連。據巡山員說，是被台灣黑熊吃的，而且可能是昨天晚上才遭殃的。他們對我指認幾處黑熊的足跡，看起來有如幼童肥胖的腳印。

隔天早晨，我去尋找帝雉。一位巡山員擔心我的安全，執意陪我一起走。就在六十六公里處，距觀高的住處約只一公里，我們竟也發現了黑熊留在潮濕地面上的腳印。巡山員說，可能就是前晚吃掉長鬃山羊的同一隻。他還說，台灣黑熊極精明，牠們到處尋覓獵物，甚至會循著獵人布陷的小徑，一路搜尋。

我們往回走的時候，山崖間忽然一聲山羌粗啞的吠叫，令我心中一陣寒顫。那聲音盤繞在暮靄漸沉的河谷上方，久久不散。山野間驚起好幾處的鳥叫。三隻烏鴉從台灣赤楊的空枝上鼓翼飛竄而起，不時變換著發出「鼓啊，鼓啊」和「啊——啊——」的兩種叫聲。

4

隔半年後的七月下旬，我再上觀高。這時山上已進入花季了，法國菊、台灣繡線菊、百合、大花落新婦、一枝黃花、龍膽，都爭相綻放著鮮麗的花朵。草坡也已轉綠。工作站前的林道旁，寒冬裡枯萎成僅剩赤褐色空枝的虎杖，這時卻綠意蓬勃，繁盛的枝葉放肆地侵伸到路上來。

鳥類也更多了。早晚時分，住屋附近，特別是林道兩旁的樹木灌叢間，常聚集著許多鳥，啼聲紛繁，甚至近乎吵雜。畫眉科大大小小的鳥幾乎都已到齊，將近十種。另外我還看到青背山雀、深山鶯、灰鷽、栗背林鴝，等等。叫聲最多的，可能是藪鳥。同時，我再度看到一隻綠啄木棲停在一棵鐵杉上。有一天清晨六時許，我去附近的水源接水時，一隻鉛色水鶇在懸谷澗水中的石頭上嘹亮驚叫。

在約六十九公里處的林道旁，十幾隻毛腳燕築巢於岩壁上。牠們疾速地在岩壁和溪谷上方來回翺翔飛行，邊飛邊嘎嘎地叫著。這是我在冬天的時候不曾見到的。

而其他的動物，似乎反而減少了。我只有一次見到七、八隻獼猴在一處崩崖下的灌叢中採食。有一個晚上，山羌的叫聲斷續地從小屋附近黝黑的樹林中傳來，方位一直沒變。我們猜想，牠可能落入陷阱了。隔天早上，我們仍然聽到牠從同一個位置低吼了兩次。我們尋聲前往，但由於坡陡草雜，不敢進一步攀爬上山察看。接著的兩天裡，牠的吼聲都不曾再出現。

這一次在觀高逗留了三天，大抵只在林道上輕鬆閒逛，也仍然是看山看水，看樹看雲看鳥。天氣一直很好。日出的位置已從冬季時節的秀姑巒山頭往北移至它與馬博拉斯山之間的鞍部。山頂沒有了雪，裸露的大岩壁遠遠望去，更顯得剛毅冷肅。每天早晨近六時，陽光就從那裡逐漸浮露，郡大河谷上的光影也隨著慢慢消長。林道旁新長了葉子的台灣赤楊和虎杖，一起投影在路上和山壁上。逆著光的虎杖嫩葉顯得十分柔麗，長在淺紅梗上的白色花穗在清冷的微風中搖曳著，無限嫵媚。

從溪谷源頭北望，兩岸的郡大山脈和中央山脈一明一暗，兩邊的一系列山巒斜坡對應交錯著一起緩緩斜向溪谷，曲折地層疊而去，近處暗綠，然後由綠轉藍，更遠處則再由深藍轉為灰灰的粉藍。陽光夾著草葉樹木的氣味，一種甜美的氣味，從這些寧靜安詳的色彩中散發出來，洋溢在早晨的空氣裡，觸撫著我的臉頰。

晚上，連續著幾日都繁星滿天。尤其是那一道和郡大溪谷同屬南北向的寬闊的銀河，密密麻麻地亮著璀璨清麗的光。

關於我一直耿耿於懷的帝雉，這一趟總算被我看到了。不過，那是我們離開觀高，去八通關和秀姑坪前後共六天之後重回觀高小住時才看到的。我們從秀姑坪下來，午後在古道上遇見了數位專程來此協助作帝雉調查的學生。他們曾在我們離開的這天裡看到了不少隻帝雉。

我們穿起雨衣，冒著午後抵臨的霏霏細雨，躡手躡腳地走在虎杖囂張遮擋的林道上。

然後，我終於看到這種列名於世界瀕臨滅絕動物名錄中的台灣特有種鳥類了。而且還總共看到了三次：一次是一隻雌鳥，一次是一隻雄鳥，一次則是一隻母鳥帶著兩隻幼鳥。

隔日早晨再去搜尋，則看到一隻雌鳥從路旁山壁的赤楊上飛了下來，然後沿著林道旁不疾不徐地走了一小段之後才躲入草叢裡去。

盼望許久之後，竟然終於能夠在短短的一個雨中的午後和清晨目睹這麼多隻珍稀的帝雉在野地裡行走，心中的興奮，是很難形容的。我經常懷念那一次的雨中行。

5

然而，觀高卻也在我的腦海裡留下一些極不愉快的記憶。

郡大林道是沿著郡大溪左岸郡大山脈的山腰一直開進山裡來的，至觀高時，路長已達六十七公里。過了觀高之後，林道數度迴轉曲折，進而深入屬於中央山脈的秀姑巒山與馬博拉斯山的斷崖下，在郡大溪的右岸繼續前進到大約八十公里處。這左右兩岸之間形成的寬大崎嶇的源頭河谷，即是郡大溪

（濁水溪的主要源流之一）的最上游。觸目驚心的是，這裡竟成了森林砍伐的一處大墳場。

林道下方的溪谷上，除了留下作為母樹的極少數幾棵大喬木之外，全長滿了次生的灌叢和芒草，以及間雜其中的幾處人造林要死不活的幼苗。林道上方，在觀高附近的郡大山脈鞍部一帶，也成了疏落地長著二葉松、雲杉、檜木等幼齡木的草坡，以及，類似的，要死不活的人造林幼苗。

林道進入約七十公里處以後，在數個大山彎後面，殺伐的手更順著大陡坡面上伸至海拔約二千八百公尺處，幾近稜線。伐跡地上，但見箭竹茂密，間雜著一些殘存的樹頭和枯木。土石裸露或崩塌。許多石塊和大大小小的斷木殘材，在經年累月的雨水沖刷下，橫七雜八地聚在好幾處山凹溪溝和路面上，彷佛是森林遺骸的亂葬崗。

林道沿途，因開路的關係，路上方的一些未遭毒手的巨木，卻也因土壤常年受到沖蝕，根部的基本鬆失，以至於有好幾棵整個的翻倒在路上。

而砍伐當時所保留的那些扁柏母樹，其實只是聊備一格而已。母樹是用來採種繁育的，理應挑選樹型優美樹質健康的青壯樹才是。然而我所看到的大部分母樹，樹齡都相當老邁，樹形不正，分叉甚多。林務單位對待森林的輕率與敷衍心態，由此亦可見一斑。

「森林再生，植伐平衡」是林業經營的最高指導原則。根據這個原則，乃有如下的禁伐規定：「凡海拔高度在二五〇〇公尺以上之高山地區……水資源保護、地形險峻不易復舊造林地區等之原木，一律禁止砍伐。」另據林務法規的說明，所謂「地形險峻不易復舊造林地區」，包括平均坡度超過三十五度之林地、高山箭竹草生地等。

然而證諸我在觀高所見，這一帶的森林砍伐卻幾乎都是違法的。砍伐現場除了大都已踰越了海拔高度與坡度的限制之外，郡大林道根本已經深入中央山脈的心臟地帶。砍伐範圍正是郡大溪最高的集水區域。

箭竹草生地之所以禁伐，係因地上植被若為箭竹時，森林遭砍之後，箭

竹即會快速竄生，人工造林難以成功，無法達成植伐平衡的原則。觀高附近人工栽種的那些檜木和雲杉幼苗，便是因此而經常掩沒在箭竹和芒草中的。即使以經濟的觀點而言，雇工造林和年年除草的花費，和當年伐木的收入相抵之下，收益又能剩多少呢？還債而已。

觀高工作站廢棄的一間房舍內，疊置著一大堆厚厚的伐木區出材原木登記簿。看著上面詳列的出材數量和種類，著實令人心酸。在這個山彎水轉的深山裡孕育了千百年的一棵棵的扁柏、紅檜、雲杉和鐵杉，就這樣遭殃、消失了。

6

從前，郡大林道的中段未發生大坍方時，許多登山者常搭車由林道至觀高。目前，則只有循八通關古道慢慢步行一途。

就讓林道繼續中斷吧。讓我們不要繼續以人類的觀點來追求便利；讓我們也考慮到人類的作為對整個生命世界的好處與壞處。

讓那些真正愛山的人在一步一步的辛苦跋涉途中培養觀察力、親近感和體貼心。真正的欣賞和領會是要經過沉澱的，而不在於越過多少表面的距離或搶攻幾座山頭。

更重要的是，讓所有的野生動植物們有一個免受壓迫的自由吧。讓許許多多的鳥每天來此大吵大鬧，讓更多的帝雉來漫步，讓更多的山羌在黑夜的山林裡吼叫，讓更多的台灣獼猴在山坡上嬉戲，讓長鬃山羊成群地從碎石坡下來覓食。讓台灣黑熊和水鹿真正能在這裡出現。

同時，也讓那些遭受過大肆破壞的山林慢慢療傷吧。讓植物在悠遠的歲月裡自然地逐漸演替成熟。讓溪谷旁碩果僅存的少數幾棵本島特有的台灣杉繼續保持挺拔俊秀的英姿，並且好好繁殖，繼續保持它活化石的珍貴身分，永遠繁衍它那已孑遺了六、七千萬年的品種。

讓生物社會的種類更多，讓各個不同的生物群之間彼此控制均衡，以保障整個生態系統的穩固和連續。讓研究人員繼續以徒步的方式來這裡觀察愈來愈多的自然生物，研究它們之間的關係，了解它們和我們之間的關係。

讓一代又一代的後人仍能看到自然，體會自然，喜愛自然。

為求長遠，該整治或改變的，不是林道和自然。真正該整治和改變的是，人自己。

八通關種種

1

八通關是一片秀麗的草原。若與他處的一些高山草原相較，其規模或許只算小型而已，但因所處地理與歷史位置的特殊，長期以來，聲名一直相當響亮。

八通關海拔二八〇〇公尺，在地形上，是秀姑巒山——八通關山——玉山北峰這一條東西向橫稜上的最低鞍部。秀姑巒山和北峰，則又分屬於中央與玉山這兩條南北縱走的平行大山脈。八通關因此可以說正位於台灣南北與東西兩種走向山脈背脊的交會點上，是台灣幅員的中心。

八通關在歷史上的盛名，即緣於這種地理形勢上的重要性。

一八七五年，當台灣被劃入清朝版圖將近兩百年時，清政府的欽差大臣沈葆禎鑑於列強覬覦台灣日甚，建議分北、中、南三路打通被山巒重重阻隔的前山與後山（台灣的西部與東部），建立起陸路的交通系統，並鼓勵漢人移墾後山，以期達成鞏固後山國防的目的。其中的北路，即是現今蘇花公路最早的雛形；南路則與目前的南迴公路部分相似。這兩路大致沿海邊開鑿；真正穿山越嶺，貫穿台灣東西部的，僅有中路一途而已。

中路，就是今日所稱的八通關古道。這條步道，也是台灣目前僅存的清代步道。

在總兵吳光亮的督領下，這一條全長一百五十餘公里、由現今的南投竹山向東南蜿蜒通過玉山地區和中央山脈而至花蓮玉里的步道，十個多月就完工了。今人所說的八通關，便是吳光亮當時改稱自舊日鄒族人對玉山的稱呼。清朝曾在此地設置營壘。

一九一九年，治台的日本人，為了圍剿抗日的布農族人，並將他們置於日警的監控之下，則分從東西兩端，另闢修了一條又稱為「理蕃道路」或「警備道路」的「八通關越橫斷道路」，沿線設置了數十處警察駐在所。

日人的警備道和清朝古道，有所重疊，也有大相逕庭處，但位居要衝的八通關，所受到的重視則是一致的。日人在這裡設立的警察駐在所，規模相當龐大，內含辦公室、警官宿舍、警丁宿舍、招待所、挑夫專用宿舍及消費福利社等。

這兩條古道，時至今日，有些路段仍為人所利用，有的則已難覓蹤跡，掩沒在荒野蔓草中。而八通關上的清營盤和日警駐在所，如今也只剩若干石階、營址、門柱、門軌而已。

不過，八通關之名，至今仍未言過其實；平坦的草原上，步道可北達觀高、東埔，西往玉山，東通中央山脈。

2

八通關位居鞍部。鞍部通常也是溪流的分水嶺。八通關並未例外。陳有蘭溪由此向北流，成為濁水溪的上游之一；荖濃溪則相背著迂迴南去，終而匯入高屏溪。反方向而流的這兩條溪，便經年累月地向上游侵蝕。

到最後，獲勝的將是陳有蘭溪。

這是必然的。陳有蘭溪的谷頭與其上方鞍部的落差高達五八〇公尺，但鞍部的另一側降至荖濃溪谷頭的落差卻僅有一八〇公尺。由於重力加速度的作用，陳有蘭溪向源侵蝕的能力，當然遠較荖濃溪為強。分水嶺因而逐漸南移，草原日趨縮小，鞍部的高度則繼續降低。長此以往，強勢的陳有蘭溪的上游源頭，甚至於終會切入茎濃溪的河谷，將之截斷，發生所謂河川襲奪的現象，搶去原屬茎濃溪的水源。到時，附近的地形必將也會有一番大變動。

有人甚至推斷，在久遠的歲月以前，這裡早已發生過河川襲奪了。八通關東側的一長幅由北往南微斜的平坦低窪地，很可能就曾經是茎濃溪河谷的一部分。這個河谷原來的上游已被陳有蘭溪截斷而消失在著名的金門峒大斷崖下，剩下的這一帶夾在兩側斜坡間的谷地如今已無流水，而只長滿了低矮的箭竹。

目前，陳有蘭溪急速向源頭侵蝕的作用，則仍讓我們看到了著名的金門峒大斷崖。

不過，或者應該這麼說吧，大斷崖和陳有蘭溪的向源侵蝕能力是互為因果的。

由觀高坪南望或站在斷崖頂上，都可以明顯地看到斷崖的陡坡面分為兩種顏色：東下半部是灰黑色的硬頁岩，西上半部是近白色的砂岩。前者與組成秀姑巒山的岩層相同；後者則與玉山群峰的岩層相同。斷層的構造，十分明顯。

正因為大規模錯動的岩層從這個斷崖上穿越而過，岩面破碎，土方極易崩塌，難怪陳有蘭溪的谷頭會有那麼劇烈的向源侵蝕力。

我數度路過此地，即使是晴朗的日子，都往往會看見土石崩滾直瀉而下谷底的情形。轟隆翻落的聲音久久懸在山谷中，相當驚人。崩石過處所揚起的煙塵，或白或灰，沿著斷崖面往稜線上升，隨風飄散。若是下大雨，土石崩塌的情形勢必就更嚴重了。

3

八通關鞍部是個風口的地形。多風，則使得這片高地草原常有火災發生。形成八通關草原的玉山箭竹，即是火焚後由於地下莖的堅韌與活躍而率先抽芽再生的先鋒植物。草原上並且也已出現了諸如杜鵑和馬醉木之類的灌木，以及疏落散生的二葉松小喬木。植物演替逐漸由簡趨繁。

不過，所有的這些次生植被，其生態地位卻仍都屬於植物演替的早期而已。如果順利，這個植物社會仍將會繼續變動，並終而形成可能由鐵杉或雲杉組成的極相森林，一如草原東北側稜線一帶的森林那般。

然而植物社會的演替，不一定能順利地一次完成，在多風的八通關，尤其如此；在漫長演替的初期階段裡，近乎週期性輪迴的火災，一再發生。八通關西側及東南側的山坡上，即各有一大片火焚後的二葉松枯木。由於形成的時間還不夠長，炭黑的樹皮猶未完全脫落，因此也還未能形成白木林的景觀。

因此，這些地域上植物演替的循環，也只得重新來過。

八通關避難小屋旁，玉山國家公園管理處設立了一面告示牌，上面明令禁止破壞山中的一草一木。我想，這條禁令，在這個多風而易釀火災並因而使植物社會不易演替的草原上，其意義應該是更重大的吧。在這裡，每一株綠色生命在演替中所占的生態角色，都特別珍貴。

4

到八通關，目前有兩條途徑：北路由東埔溫泉入，走古道進來；西路則從塔塔加鞍部循登山步道至玉山，越稜之後再沿著濃溪畔一路下降抵達。這兩條路，我只走過前者；後一條路，我是逆著走的，從八通關走到海拔約三五〇〇公尺的荖濃溪源頭營地，然後就折回了。這兩種行程，同樣都給了我不少美麗的收穫。

由東埔至八通關的這一段步道，全長約十六公里，海拔則由一一〇〇公尺爬升至二八〇〇公尺，一路上坡。除了在背負重裝時會覺得路途漫長之外，沿途其實大有可觀的變化景致。斷崖、瀑布、幽泉、闊葉林帶蓊鬱濕綠近似雨林的氣息，針闊葉混合林間偶爾出現的一棵巨大的扁柏或紅檜，都足以讓人愉快解勞。而當霧氣迷離，樹影幢幢，一路前行，則又別有一番深入蠻荒叢林的神祕興奮。冬季時，台灣赤楊葉已落盡，因附生著苔蘚和懸垂的松蘿而顯得青灰斑駁的空枝，浮映在迷濛霧色中，頗有疏冷靜淨之美。

而沿路，陳有蘭溪一直在你的右側相伴，水聲繞著山路轉，忽隱忽顯。豐富的各種鳥聲，更使人不覺寂寞。有一次，在步道的九・五公里處，我甚至於從茂盛枝葉的掩映間，瞥見一隻藍腹鷴急晃著白色的長尾羽竄入樹林深處時的漂亮背影。

七月裡，在約八公里處，我還曾看到一隻母野豬帶著三隻小豬橫過林道，驚慌地躲入上坡的樹林內，其中一隻落後的小豬情急之下，竟然把身子藏在路旁的灌叢中，以為我們不知道。其實我們就站在牠的身邊。牠那一身黃褐色的體毛上間雜著的金黃色縱帶，鮮嫩油亮，可愛極了。

至於由八通關西行至荖濃溪源頭之旅，則全是銀色的記憶。因為那時正值一月的積雪期。

當天並未下雪。早上出發時，風也不大，晶白而稀疏的雲慢慢地飄在很高的藍天下。氣溫極低。草原上的那些因過客頻繁來往踐踏而成深溝的步道，看似泥濘稀爛，但由於其中所含的水分業已凍結，踩起來卻是硬硬脆脆的，發出喀喀的聲響。有些地方，黃泥下的水分甚至於結成了一大片整齊地直立排列的小冰柱，並將其上的表土撐起，猶似好幾隻鼴鼠一起鑽土而過所留下的隆起痕跡。

隨著高度的上升，雪愈來愈多而且愈厚，在陽光下閃爍著刺眼的亮。箭竹叢都被雪壓彎了身子。荖濃溪南岸陡峭的峰巒山溝間，雪或積覆或散置，在色澤凝重的岩壁與濃綠的冷杉間亮著寒光。整面巨大的山崖有如一幅黑白的石版山水畫。

荖濃溪營地附近，雪深數尺。溪水有一段已結冰。冷杉林下的箭竹全埋在雪下。冷杉枝葉上也全是厚厚的白，似棉花的堆積，似刨冰。有時因枝葉承受不住重量，雪塊嘩然滑落，滑落中往往撞到下層的枝葉，雪塊因而四下碎散飛濺，滑落和碰撞的聲音則有如岩石的崩塌，在冰冷謐靜的原始森林間迴響。

後來，我就看到那隻長鬃山羊了。體軀健壯、毛色淡褐的一隻大山羊。牠在起伏的谷中雪地裡行走。牠也立刻看到我。我們互相凝視了一會兒，時間彷彿靜止在冰天雪地裡。然後，牠稍微加快腳步，消失在一個小雪丘背後。我本想過去探個究竟，但是才一腳踏出去，雪地唰唰塌陷，整個人落入原被積雪遮蓋了的箭竹叢裡。

午後，折回八通關時，一路上，滿腦子想的幾乎都是這一隻雪地上的大山羊。

5

大概也是因為地形的關係吧，八通關的天候變化似乎特別多。我第一次見識到山中雲霧的莫測與可怕，就在此地。

那也是一月初的時候，我有一天從住宿的觀高出發，走兩公里半的崖邊小徑經過八通關，去六公里外的中央金礦探看那裡的一處雅致典麗的幽泉瀑布。回到八通關時，午後二時半，我在東側的斜坡上坐下來休息。微風冷洌，陽光勉強散發著一些溫暖。整個草原枯黃之中微帶著綠意。吐紅的台灣馬醉木和凍成鏽赭色的紅毛杜鵑，一叢一叢的，與或死或活的二葉松一起疏落地散立在優美起伏的草坡間。草原上縱橫相連的那些小徑和林下的避難小屋，寒涼安靜。西邊遠處，是白雪皚皚的北峰與東峰一帶的山頭。

然後，薄薄的煙嵐開始出現，從北側的陳有蘭溪谷頭翻越上來。煙霧在草原上，在我的眼前飄飛輕舞。陽光篩透而過，亮光和淡影貼著草地流動變化追逐。我拿起筆記本，低頭寫下我的感動。幾度抬頭間，霧漸濃，只是陽光仍在。但是大約十分鐘之後，待再抬起頭來，我卻赫然發現所有的景物都消失在彌天蓋地的灰色濃霧中了。我也被包在其中，視線不及一公尺。我甚至於懷疑我應該朝哪個方向走才能回觀高的小屋；原本十分有把握的路徑，竟然變得神祕了。溫度迅速下降。我想及一些登山者迷失在山中的事。我趕緊起身，有點慌張地摸索著走了回去。

我後來想，八通關草原，就如所有的高山草原一樣，其實是永遠迷人的，多變的天候所展示的，正是它的萬種風情。

七月底，我們三個人去登秀姑坪和秀姑巒山之前，途中便索性在八通關連續住了三天兩夜，享受它的種種風情。

我們並不走遠，往往只是隨便地漫步，或者在大清早去露濕淋淋的草叢中尋找深山鶯叫聲的來處，時而駐足，端詳成群盛開的白瓣黃心的法國菊、成串綻放的紫紅色毛地黃，以及黃色和藍色的龍膽。有時，我則獨自唏唏嗦嗦地往北走過低窪的草地，走過日本警察留下的靶溝，到金門峒大斷崖上，沿著崖頂行走，俯視斷層交會的兩段色澤，察看那些編了號的用來測量崩塌程度的木樁。這一帶，在較為稀疏的低矮箭竹叢下，我發現有許多開著朵朵嬌嫩黃花的玉山金絲桃。

有時，我只是靜靜地坐著，看經常出現的酒紅朱雀、栗背林鴝和金翼白眉在小屋前的空地上跳躍。有一次，一隻酒紅朱雀甚至跑進屋裡找東西去了。一隻烏鴉則老是不願飛近，僅遠遠地在幾棵零落的二葉松之間飛飛停停。

然而在八通關，我最喜歡的享受，是躺在草地上看雲霧在天空中變化，聽風吹過草原和二葉松的聲音。那風聲中偶爾還會夾著金翼白眉或者其他的什麼鳥從某處發出的鳴叫。

好幾次躺在草原上，才認識到雲的確有很多種：如晶瑩的羽毛在天空最高處靜靜飄浮的卷雲；午後的西天山頂間像一大堆白色花椰菜簇擁堆疊的雲；有時，濃黑色的陰雲底部平整地籠罩在四周那些三千公尺以上的高山上，底下卻另有一層輕快飛行的白雲；雲流動的方向有時並不一致，橫逆交錯翻滾席捲，難以規範。最常見的，則是午後從陳有蘭溪一直飄飛上來的霧，灰白色的，或輕或濃，經常沿著八通關東北側稜線而上，在密鬱的鐵杉林間浮騰然後逐漸擴散，會合了來自東南方的雨霧，使整個草原煙霧濛濛，並下起細細的雨。

但也許隔不久，雨又停了，陽光出現，蔭綠色的雲影在微雨後的嫩綠草

原上緩緩移動，一如山中時光無聲的流淌。

6

似乎很多人喜歡草原，尤其是像八通關這樣的高地草原。

高山草原的魅力，會不會是由於它與周遭的崇山峻嶺之間所形成的一種對比呢？我這麼想。

山的狀態是褶疊濃縮著的，永遠以其峰巒稜脈或樹林遮蔽起背後另一面的重重景致；草原上大致上卻以橫臥的形式坦然攤展，景物盡在視野裡。巍峨的山岳或深谷幽壑，常會使人生出一種雄偉的情緒，但總也常隱約顯出威嚇的意思。在山中攀爬行走，既疲累又刺激，彷彿可以體會到一種體質上的快樂。但是在草原上，大自然卻提供了一些讓心情可以澄靜下來的東西；貼地和緩的草坡，以及在開闊的草坡上自由變化的日光與風雲。

在四周彷彿充滿了野性的群山間，草原透露的是一種可親的溫柔。在戰戰兢兢地跋涉走險之後，高山草原是一個適合讓人停下腳步，卸下行囊，好好休息，讓心神靜一靜的地方。草原上的某些氣味、聲響和色澤，一起在我的心中輕輕躍動，在體內無聲地共鳴。

八通關草原正是這樣的一個地方。許多登山者在這裡體會這種撫慰、自由和安寧的感覺。

秀姑坪漫遊

1

我們三個人抵達將近中央山脈頂的白洋金礦時，從中午就開始的雨總算完全停了。午後近四點的陽光斜斜地照在營地上，附近猶濕的黑色板岩、山坡上的森氏杜鵑和玉山圓柏，都在閃著柔黃的寒光。我們把一些淋濕的衣物裝備卸下來晾曬。

營地是依著一面堆疊得相當高的駁坎搭建的大遮棚，棚頂鋪著板岩和雨布，位置相當能避風，坐落在山凹處，只有西面是開闊的。視線可以越過荖濃溪源自此地的一條蜿蜒而去的河谷，直直地看到巍然屏立的玉山山脈的東峰，以及躲在東峰後面的主峰山頭。太陽就在那些浮遊著白雲的山脈上方。而谷地山彎裡，雨後薄薄的霧氣正逐漸往下降，但有時又被陽光催促著蒸騰飄飛了起來，在綠色漸遠漸濃的谷坡山林間舞著夢幻似的輕紗。

我們在遮棚下另外搭起帳篷，然後撿來一些潮濕的木塊設法生火取暖，並且煮薑湯。我們又冷又疲乏，生怕感冒了。

這一天走的路其實並不長，大約只有十公里。奇妙的是，這段路程的遭遇竟然可以截然劃分為不同的兩半。前半段從八通關東南行至中央金礦，大致是循著等高線在山腰間繞行，路面幾無升降。時遠時近地在右側伴著我們走的，本來是荖濃溪源自玉山山脈的一條東南流的支流上游河谷，後來則換成了來自中央山脈的一條向西流的支流上游溪澗。沿途連續約六公里，都是二葉松的純林；從這個山坡到谷地裡到對岸，都是蔥綠起伏——剛開始時是繁密的次生幼齡林，其中雜著少數的鐵杉和華山松，然後二葉松變得高聳壯大了，灰白色的樹皮龜裂得極為勻稱而乾淨。

陽光也一直跟著我們的步伐走，老是在茂盛的枝葉上閃爍晃漾。鋪滿了枯黃色松針的小徑，如地氈般鬆軟，也一路動盪著細碎的光和影。小徑靠近河邊時，我們可以聽到水聲喧譁，但遠離時，卻偶爾只聽見松濤聲自樹梢陣陣吹過。我們走得十分愉快而輕鬆。

但是後半段路，完全兩樣。

我們在中央金礦休息吃乾糧時，已預測到情況不妙。灰黑濃密的雲霧滿布在東邊的天空上，並且不停地朝著我們推進，向下擴散渲染。

再出發沒多久，雨真的就來臨了。我們冒雨埋頭前進，沿著往往遮掩在箭竹芒草間的石塊小徑辛苦地迂迴爬行。雖然穿著雨衣，身上還是濕了好幾處。

隨著海拔的上升和山徑的轉折，我從雨霧中看到植被林相相繼有了改變。起先仍是高大的二葉松，接著的是一大片長在稜線窪谷間的筆直鐵杉——其樹形和習見的鐵杉很不一樣，主幹挺拔，橫生的支幹並不多，枝葉也不一定平展成傘蓋狀。

過了鐵杉林之後，雨轉小，時下時停。岩壁草坡間稀疏地長著一些幼小的二葉松和冷杉。然後大抵全是杜鵑和刺柏之類的灌叢，陡峭的對岸卻仍是不甚茂密的冷杉林。

穿過滿山遍野的杜鵑叢之後，我們終於找到了這個被過去的淘金者不知已遺棄了多少年的營地。

這裡的標高可能已近三千四百公尺了。我們這一趟主要的目的地秀姑坪，就在營地上方的中央山脈上。但現在，我們並不急於去探視坪頂的那一片死亡的圓柏世界。我們將在這附近逗留三天。

日頭隱去時，灰霧不斷地從營地東側的秀姑坪一帶順著山坡籠罩下來。

2

秀姑坪是一則令人驚心動魄的故事，是一個龐大而成熟的玉山圓柏社會在火神肆虐下集體滅亡的慘烈故事。當我循著白洋金礦營地背後的山坡而上，穿過一段乾涸的谷地和一大片在晨曦下閃閃生輝的黑色板岩碎石坡，終於走到秀姑坪這處位於台灣屋頂上的鞍部草原時，我立即就被那種悲涼中又帶著濃烈的肅殺之氣的景象給驚嚇住了

草原遼闊，在盛夏的七月裡卻猶泛著枯黃。而就在低矮的箭竹草地裡，在山坡上，許許多多的玉山圓柏枯木，或仆臥橫陳，或殘斷散置，或像戰士般在身首異處後仍硬撐著，遲遲不肯倒下。遍野狼藉。往南的山凹裡更是壯觀，一株株巨大的圓柏白木，長數十尺，胸徑有的達五、六十公分，大都還

保持著相當完整的軀幹，數目眾多，纍纍倒臥，屍骨雜錯，全部在陽光下閃爍著銀灰色的光，隱約發出一種詭異森寒的氣息。

我在這些零亂的白色遺屍間穿行，有時在一棵直立不屈的大枯幹旁停下腳步，仰望頂端剝裂扭折的殘幹猙獰地映著蒼穹，常覺得似乎走入了一個硝煙瀰漫的戰場，彷彿可以聽到風火飆飆亂竄的聲音，枝葉劈啪燃燒的聲音，一棵棵巨大的圓柏在搏鬥掙扎的嘶喊，以及轟然倒下時的厲吼，黑煙與火光，飛灰與木屑，遮去了半邊天，風雲變色，在這個島嶼的屋脊上，在一個遙遠的年代。

怎麼會這樣子呢？這場大火是怎麼發生的？這是一場怎樣蔓延的大災難啊！甚至接近秀姑巒山頂，竟也躺著一根根圓柏大喬木火焚後筆直的軀體！

專家是這麼估測的：秀姑坪一帶的這些玉山圓柏，大約毀於兩百年前，當時它們的樹齡則約有四千歲了。

然而在這個多風的中央山脈頂的開闊地上，玉山圓柏怎麼可能長得這麼大這麼多呢？是不是在古老的歲月裡，這附近曾長期的存在過一個可讓它們以挺拔的身姿盛大繁衍成長的地理環境，而後來這個環境又大大地改變了呢？

然後，那場大火發生了。

如今，只剩得這個橫屍處處的森林大廢墟。

這個廢墟，由於山高天寒，加上一般人鮮少登臨，劫後的現場至今仍還保持得相當完整。所有的那些殞棄了生命之後的圓柏白木，在大自然長年漫漫的酷煉力量之下，其生命中所曾有過的堅韌歷程，也反而越發明顯了。在經久的日曬風霜雨雪之後，圓柏的肌理盡露。我看到那旋轉著成長的脈絡紋路和凹凸嶙峋的筋骨。歲月的雕鏤和蝕刻。

而當我用小刀削著隨便撿起的一片圓柏枯柴時，竟然還發現，那槁白的外表其實只是薄薄的一層而已，裡面的材色仍是生鮮泛紅的，質地精實，香氣濃郁。而那年輪，則像人的指紋細細密密。

兩百年了，這個偉大的圓柏族群，卻仍然不肯崩解，化為塵土，彷彿仍在透露著強悍的生命力。

彷彿，這些圓柏白木仍在呼吸，甚至於充滿了神靈。

3

經過那場無情大火的摧毀之後，玉山圓柏並沒有就此在秀姑坪一帶滅絕消失。幾天在秀姑坪附近一帶漫遊，發現周圍的植物社會裡，大抵仍以玉山圓柏最為突出。

在秀姑巒山南側的谷坡裡，也即是秀姑巒溪上游的米亞桑溪源頭上，甚至還殘存著劫餘的圓柏大喬木純林，每一棵幾乎都十餘公尺高，胸徑有的達六、七十公分以上。長在外緣的圓柏則因長年飽受強風的吹襲修剪，樹幹千旋百轉，外表如螺紋，如股股分明的大鐵索，既密且短的枝葉全部往一個方向成長。林下苔蘚叢生，間或出現幾叢玉山杜鵑。

在白洋金礦的上方，在避風且陰濕的崖壁下，也密生著一片中喬木狀的純林，各植株的高度和樹圍且都相當整齊。假以時日，這片圓柏林必也會頗為壯觀的吧。

而在火劫的現場，在那些滿目瘡痍的白木屍骨旁，圓柏的後代也大量從浴火中再生了。

它們大都單株或三三兩兩地湊在一起，在地面上匍匐著擴展，外觀呈團狀或塊狀。在多風的山坡，有的則像躲在大石頭後避風的綠色綿羊。

從秀姑坪往秀姑巒山途中，在一些破碎的陡崖凹溝上，圓柏則曲縮著枝條，貼壁成長。

海拔三八六〇公尺的秀姑巒山頂上，四無遮擋，但竟然也綠意盎然，密密的都是低矮的圓柏灌叢。這也是令我覺得訝異的。

但最為動人的，則是某些叢生的圓柏所採取的生長策略。

它們七、八株或十幾二十株圍在一起，形成一個小族群。外緣的圓柏因須以枝葉抵禦風寒雨雪之類的外力侵擾，枝幹都相當扭曲糾結，樹型矮小。但是長在內側，尤其是長在中央位置的玉山圓柏，卻在重重的保衛下，而有相當正直且高大粗壯的身材。這些已具喬木狀的圓柏，將來是很可能成為大喬木的。

這種以犧牲小我來保證種族的壯大和繁衍的生長現象，在秀姑巒的南坡以及由秀姑坪往大水窟山途中的一些平坦嶺頂上最為常見。秀姑坪附近的箭竹草坡上也有，但組成的規模較小。

看到玉山圓柏如此群策群力的生長策略，看到那些備受呵護的圓柏植株也的確很長進地顯出「一表樹材」時，我才逐漸想到，秀姑坪上的確可以長出鬱鬱茂盛的玉山圓柏大喬木林。兩百年前，那些巨樹全葬送在一場狂暴的大火中，但千百年後，這個坦蕩的高山草原上，難道就不會再演替出一大片更為壯觀的玉山圓柏純林嗎？

只不過，這將是一段漫長而艱辛的成長過程罷了。

4

秀姑坪是中央山脈最高峰秀姑巒山西南側的小鞍部。由此登頂，先得走過一段節理發達的峭壁，斷裂的變質岩塊壘壘相連；之後則須沿著碎石處處的坡面，在冷杉與更往上的圓柏之間迂迴爬升。秀姑巒山本身崔巍獨立，視野必然極佳才是。只可惜，我們攀登時，半途就已開始濃霧瀰漫。在長滿了玉山圓柏矮灌叢的峰頂上，視線不及十尺。

不過，即使只是在秀姑坪上，站在附近的小山頭放眼四顧，我已十足感受到千峰萬巒層層包繞在我四周時的感動了。我彷彿進入一個宏偉瑰麗的夢境。中央山脈主稜往南曲折而去，先是一大段大抵和緩起伏連綿的山坡，一直到橫亙於天際一帶的三叉山、向陽山，以及最為惹眼的，聳矗如冠蓋的東台首嶽新康山。

這條主稜正是台灣屋脊中的一段，也即是登山界所謂的南二段的大部分。許多溪流從它的兩側分水而去，並因此造成大大小小的陡溝深谷和崩塌地。秀姑坪和大水窟山附近，就有幾處十分可觀的大崩崖直瀉谷底，摧毀掩埋了一些冷杉。

這是源自秀姑巒山南側一帶的米亞桑溪流經此地的東側造成的。米亞桑溪彎曲有致地南流入拉庫拉庫溪，然後轉折向東，一起成為秀姑巒溪的上游。從望遠鏡裡看去，峽谷兩岸龐大的稜脈層層疊疊，峰巒起落競秀爭雄，而峽谷的出口處，赫然就是花東縱谷的一角平野和田舍以及海岸山脈。

數度在秀姑坪徘徊，隨時舉頭張望，盡是這些豪壯的山河。山巒稜脈或褶皺或伸展，連結迤邐，此起彼落到天邊，在蒼穹默默的覆蓋下，莊嚴中似乎又含著微笑。容顏由近處的蒼綠逐漸過渡為遠處的藍色調，越遠越濃，向著四周平勻地擴散，終而成為粉粉的暗藍，與庇護著的天空同一色系。而我，就在這四合的宇宙中，在崇山峻嶺環繞的悠悠天地中間，在一種綿綿不絕的渾渾氣勢的包圍裡。

而雲，則在遠遠近近的山谷間不時變幻生滅。

有時，我看到某些巒脈下，雲霧飄浮連延無限，其間卻有一些峰頭和嶺脊衝出這雲層，好像一片白色海洋的黑色島嶼。但是這時在我頭上，則可能只有幾抹薄紗般的白雲飄過，淡淡的雲影從草原上緩慢移過。

這時候，我最喜歡躺下來，背脊接受箭竹微刺的觸撫，靜靜聽雲影的跫音，聽所有的山巒谷壑在我四周澎湃著一種原始的寂靜之聲。我感覺到那聲音中有如如不動的永恆的東西，彷彿是創世以來就是那樣子的，而且也將繼續保持數百萬個世紀，永不改變。那也許是時間的綿延或山水的呼吸，也許是一種美的感動，人與山河大地的契合，但也可能僅只是什麼絕對而單純的東西而已。

然後，我或者會聽到幾隻鷦鷯啁吱啁吱的鳴叫聲，從不遠處的圓柏叢間不斷傳來。

我翻了一個身，看到山豬留下的許多凌亂的拱痕，從我身邊一直連接到遠遠的小丘下。小丘映著更遠的藍色山巒，而山巒，映著天空。

我又翻了一個身，看到一大叢長得極為鮮綠的杜鵑，團團圍繞在一棵筆直的圓柏枯木腳下，像是大自然為一柱白色的英靈紀念碑永遠擺置獻祭的按時開花的大花環。這叢綠，以及其他的更多點綴在微黃草坡間的綠意，和那些蒼然獨立的圓柏白木，也一起映著更遠的山巒，而那裡的山巒，也靜靜地映在天際。

5

我們總共在秀姑坪附近的中央山脈一帶漫遊了三天。那三天裡，上午的天氣都極好，但一到下午就開始起霧，而且一日比一日提早。

最後一天，我們去大水窟山的途中，爬過一段陡坡後，在一處相當平坦的山頂上休息。殘斷的玉山圓柏枯木零亂躺了一地。近午的陽光極為炙熱。一處板岩碎石坡在豔日下亮著黑色的光。我躲入一群叢生在陡崖邊的圓柏樹下避暑，時而從枝葉後眺望遠山，時而閉目斜躺著養神。但是不到十分鐘，我們發現太陽竟然不見了，雲霧分別從中央山脈兩邊的谷地迅速湧到山頂來。四周的山也消失了。冷風陣陣吹襲。我們決定折回營地。

早晨路過秀姑坪時，我們只看到輕煙在陽光的照耀下一直從東邊的米亞

桑溪谷升騰飄浮到草原上，然後淡入湛藍的天空裡。但這時回頭再經過時，卻只見濕霧淒迷，從身邊飛馳而過，夾著冷冽的寒氣。而那些或躺或站的圓柏白木，此時在濃霧裡，都變得相當奇幻詭譎、飄忽渺茫。四野岑寂，忽然從霧裡響起的鷦鷯和金翼白眉的叫聲，更烘托出秀姑坪草原的幽祕。我覺得我們似乎正走在荒野的中心。我們回到白洋金礦的營地不久，雨就細細地開始落下了。

其實，住在白洋金礦三晚，夜裡躺在帳篷內，四周一片漆黑，只有風穿過森林或杜鵑的聲音以及附近的小水瀑的聲音，我就常有這種身處荒野中心的感覺。

三天裡，我們都沒碰到其他的人。每天，我們都看著山林如何地沉浸入漸濃的暮色裡。西邊遠處，玉山山脈龐大起伏的剪影映著灰灰的天。有時重疊著的玉山主峰和東峰因有霧氣而顯出色度稍微有異的輪廓來，有時則又一色地難以辨別。有時整個西天紅霞遍布，有時卻又倏忽劃過沉默的閃電。

每天，我們也看著彎月從營地旁邊陡崖上方森林暗鬱的樹梢出現。等到它逐漸西斜時，有時雨卻從我們的上空密密地降下。雨和月亮一起出現在我們愉快的視線裡。

晚上，我們就這樣睡在雨中或霧中。聽收音機報告氣象說今明兩天全省都是晴天時，常有恍如隔世或今夕是何夕之感。

我們離文明已經很遠。每天，我們的工作就只有作飯吃飯，去溪谷的小水潭邊洗碗提水，以及爬一段短距離的斜坡去秀姑坪草原附近看遼闊的高山。四周無人，無社會的規範，我們把自己交給一些很單純的東西，交給自然。

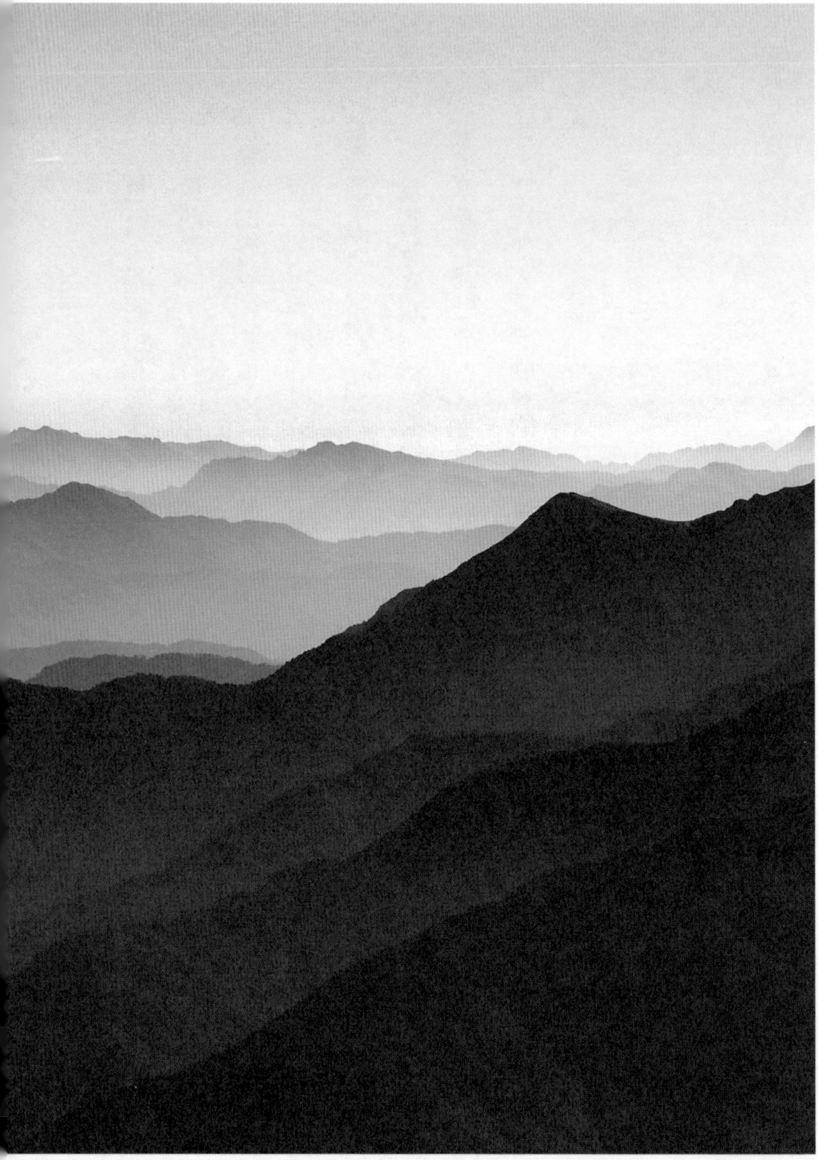

瓦拉米隱憂

1

霏霏細雨連續著三天時下時停以後，早晨走出瓦拉米的小屋，終於看到陽光從東南流的拉庫拉庫溪對岸高大連綿的山影上躍升出來了，金黃耀眼。我眼前猶掛著露珠的櫻花空枝和身後小屋的牆壁上，都泛著柔黃的光。不遠處的深谷裡，原本沉靜的粉白霧氣開始微微浮湧著，底下彷彿有什麼巨大而柔軟的生物正在蠕動，掙扎著要甦醒或茁長而出。許多鳥聲從附近山坡的樹林蔓草間傳來，吱吱喳喳地碎散在三月晨間沁寒的空氣裡。

布農族的巡山員已在屋裡生火，橘紅的火舌在幽暗的門內搖晃。山中的另一天活動又開始了。

三天來，我們經由玉山國家公園的東部門戶進入園區，其實也只沿著步道走了大約十四公里而已。海拔一千一百公尺。四周處處仍可見到人類在這個淺山地區留下的重大痕跡：天然林砍伐後草木紊亂次生的山坡；人造的柳杉林；這座位在山腰平台的小屋，也仍是林業單位的護管所；而在日治時代，這裡更曾是八通關越嶺道路上一處相當重要的警官駐在所的基地，當時的設施還包括招待所、蕃童教育所、醫療所等。他們曾在這一帶發現黃銅礦和鐵礦，並且實地開採過。

但是在這個初春的清晨時分，曦光閃爍在向陽坡的草木上，而對面壯闊的山壁仍灰灰暗藍，一直地對著我俯視。我步下昨日來時的小徑，穿過暗鬱濕冷的柳杉林旁，看到斜坡下那些台灣胡桃樹空疏交錯的斑白枝椏上吐露的一些嫩紅的新葉映著沉肅的山巒，然後又看到一隻竹雞不疾不徐地沒入路邊的草叢裡。整個山徑上寒涼安靜，只有我躡著腳步走在潮濕落葉上的跫音和時而響起的鳥聲。這時，我覺得，這個地域，似乎已回復到某種程度的自然了。

我想起昨日一路走進來時，發現的許多野獸的蹄痕和糞便，獼猴的，野豬的，山羌的，長鬃山羊的，水鹿的。在這個地區附近，人為的干擾大概已經減少了好一陣子。

這當然跟劃入國家公園範圍有關。

玉山國家公園的成立，更曾及時地讓由此通過的新中橫公路東段叫停，並因而阻止了一場大自然大災難的發生。

然而，壓力和隱憂一直存在。續開新中橫和挖採瓦拉米大理石礦藏的聲音，目前仍不時要發作一陣子。

瓦拉米的原意為「蕨」，是布農族人很早以前命名的。在這個海拔一千一百公尺的山區裡，曾經長期存在過一個蓊蘢蓊鬱的原始闊葉林社會，而蕨類植物，就在那千百種林木競生共存的綠色世界裡，在密密疊織的枝葉下，在幽靜陰涼的樹林蔓藤間，茂盛繁衍地生長。

2

玉山國家公園的東邊門戶，由花蓮的玉里經卓麓進出。目前車道已開至園區邊緣上的山風。我們在午後的霧雨中抵達此地，並在工寮歇宿了一夜。

工寮的基地也是日警駐在所的遺址，附近仍留有相當明顯而堅固的石頭駁坎，越嶺道據說就在屋前路下邊坡的垃圾堆下方。由此進入山區直到中央山脈，現在的步道，除了幾處坍方之外，即是日人越嶺道的路線，大抵都沿著拉庫拉庫溪的南岸開鑿。

工寮是為築路和造吊橋的工人蓋的，人去之後，寬大的室內顯得相當零亂。但是山中野地裡能有這樣一個可遮蔽風雨的所在，已是相當奢侈了。爐灶設在入門外邊，地上的一個瓷碗內盛著半碗猶紅的血。對我而言，任何動物的血看起來都一樣，無從分辨，但同行的幾位巡山員捧起來輪流著聞一聞之後，同聲斷定為山羌的血，而且推測是兩天前留下的。後來，他們果然在垃圾堆中找到了丟棄的山羌頭骨。

工寮外泥濘滿地，整個山野間濕霧迷離，毛毛的細雨有一陣沒一陣。但好像並不是在「下」雨，而是霧氣本身因太潮濕而間歇著釋放飛灑飄散似的。

我披起雨衣，去工寮附近的步道散步。草木清鮮的味道混合著潮腐的枝葉味道，瀰漫在空氣裡。好幾隻台灣藍鵲在身旁不遠處發出好幾陣喧鬧吵雜的聲音，只可惜霧氣太濃，沒法看見體色十分華麗的這種台灣特有的鳥類。

隔天，天氣仍未放晴，我們經常在霧中穿行，視線不良。我們很擔心這一趟行程可能就這樣一直沒什麼可觀之處。但拉庫拉庫溪的水聲卻一直在我們右邊時遠時近地陪伴著。偶爾雲霧散開，可以看見深谷下的溪水窄窄的，似乎水量很少。後來才知道水量甚大，它匯集了中央山脈東側的許多深入高山且呈樹枝狀河系的支流，向東貫穿過重重山脈，流路因而大致呈連續峽谷，至玉里附近才匯入秀姑巒溪。

溪的對岸，在雲霧縹緲間，脈脈曲折連延的山嶺更顯原始而難以踰越。一位家住卓溪的巡山員說，我們所能見到的山都曾經是他的獵區。他曾連續個把月在那莽莽的山林間獨自生活過。那片山巒，也是一百餘年前清朝古道東段穿越而過的地區。

3

黃麻溪是拉庫拉庫溪的支流之一，由南往北注入，本身的流路也造成了峽谷的地形。我們曾在黃麻溪吊橋下的另一座工寮裡住了兩晚。之所以在這裡多所逗留，純僅為了調查溪裡的魚類。

溪水清澈而湍急，在岩塊疊疊的河床上穿行激盪。我們判斷這麼乾淨的激流中應有某些魚類存在才是，但是在吊橋附近卻遍尋不著。我們不死心地溯溪而上。河道愈往上愈窄，溪谷景致也愈為幽奇迷人。瀑布、斷崖、巨岩或湍流，經常使我們的路徑忽焉在左，忽焉在右。

後來，我們終於發現鯝魚了，而且很多。在岸邊平靜的一些小水潭內，由於溪水澄澈，我們可以看到成群的鯝魚優游其中，大者身寬兩指餘，長約

十五、六公分。我們把釣鉤拋入激流中，上鉤的數量也不少，而且大都是大型的鯝魚。

後來，我們推斷，黃麻工寮附近見不到魚可能是因為被人毒殺的關係，像這麼澄清的水域，其生態若不被干擾，魚類勢必很豐富。

夜裡，我們在工寮內喝酒聊天。工寮內一應齊全，有鍋碗，有棉被，有發電機和日光燈。大概因為這幾天春雨綿綿，修路工人放假回家去了。

水聲一直在我們身旁澎湃，雨點則斷斷續續地落在工寮的大雨篷上。四周漆黑。一隻領角鴞偶爾忽忽忽地叫著。我們似乎已離開文明，回到了一種與草木蟲魚為伍的自然天地裡。但弔詭的是，我們卻又利用發電機來發電，用日光燈來照明。吊橋的修建，代表的也仍是文明的力量，人類需求的某些便利與舒適。

自然是我們所要的，文明也是。然而這兩者之間的比重，應該如何去秤量呢？當這兩者發生嚴重的衝突，並可能導致巨大的後果時，又該如何取捨？

當時決定興建新中橫的著眼點，即在於改善東部的對外交通，並便利山地資源的開發。但是這樣的目標，就部分的路段而言，是適當的嗎？

4

新中部橫貫公路是政府於六十七年指定的國家十二項建設之一。路線共分三段，分別為嘉義玉山段、水里玉山段及玉里玉山段。目前，前二條線已先後通車。玉里玉山線於七十年開始施工。七十二年玉山國家公園籌備成立時，鑑於該路線穿越園區的核心地帶，經環境影響評估後，開路之舉緊急叫停。多年來，花蓮的一些政治人物，尤其是玉里的地方人士，因此一直對停工頗不以為然，多次陳情復工，認為國家公園的設立阻礙了當地的繁榮與發展，並且指責若無便捷的道路讓民眾輕易深入園區，國家公園又有何存在的價值。

新中橫的闢建計畫，根本就是一個錯誤的決策過程的產物。中央在作政策性的宣示，將它列為十二項建設之一以前，其實並未對其經濟效益、其所可能造成的環境衝擊、區域整體而長遠的發展，以及路線的規劃等作過審慎的評估。率而先行決定開路，非但給部分民眾帶來虛幻的不當期望，更也使得某些習於奉承旨意的相關單位似乎只有勉力儘快配合交差一途了。水里玉山線之所以會在斷層帶上隨便挖動，其完工日期之所以一延再延，浪費鉅額的公帑，並且崩塌不斷，一修再修，造成地形景觀與生態環境的大破壞，即是不當的政策指示所造成。玉里玉山段若真復工闢建，後患更將層出不窮。

原計畫中的玉里玉山段全長一〇三公里，高度由二百公尺至三千公尺不等，沿線經過數處大斷崖與河溝，以及無數的崩塌地、陡崖、斷層等地形。開路時必將因挖方而造成不斷的崩塌、大規模邊坡的破損和土石的流失，並衍生出景觀破壞、土壤沖蝕、河床淤積與升高、水質汙染等久遠的不利影響。而對於野生的一些珍貴林相和動物而言，無論是施工前或施工後，道路對生息環境的切割、干擾和破壞，都將難以估計。

玉山國家公園站在生態保育以及為全民維護資源，以期永續利用的宏觀立場，反對闢建新中橫是必然的。

而那些積極倡議續建新中橫的若干花蓮地方人士，其實相當盲目。目前已通車十餘年的南橫公路，在性質上與原計畫中的玉里玉山線公路相當近似。但是十餘年來，它除了具有觀光遊憩價值之外，根本就未曾達到原先預期的交通運輸及繁榮地方經濟的功能。沿線居民的生活並未因此而獲得改善，人口外流的情形依然存在。而且由於地質不穩，路面和邊坡遇雨即經常塌崩或流失，非但養護費用甚高，每年即因災害而封閉約達一百天，遊客人數偏低。即使純以經濟效益而言，也根本不符成本。

原議中的玉里玉山段果真繼續開闢，未來恐將也只能重蹈南橫公路的覆轍而已，而道路沿著拉庫拉庫溪河岸曲折闢建，對集水區和水土保持的慘重破壞後果，卻必須要由住在下游的玉里民眾自己來直接承受。

5

鑑於新中橫玉里玉山線續建遙遙無期，花蓮的那些開路派的人士，轉而求其次，主張至少也應將道路開至瓦拉米，以便挖採當地的大理石礦藏。他們認為，這類天然的寶藏任其埋置山中，無異是暴殄天物。

根據會勘紀錄，瓦拉米地區的大理石分布在拉庫拉庫溪的右岸，礦脈呈七、八十度的傾斜，相當陡峭。已設定礦權的礦區相當分散，有的須翻山越嶺方可抵達。這些礦石幾乎都埋在土層裡，而非裸露著。開採的步驟是先開路深入礦區，然後在礦區內砍伐林木，清除表土，並用炸藥炸開礦脈，用怪手挖出，再加以裁鋸。最後則運往山下加工。

瓦拉米一帶的大理石礦藏若真開始挖掘，最直接的受害者，仍將是玉里地區的民眾。林木與表土層清除翻動之後，涵養水源與保持水土的功能盡失，再加上廢棄的土石任意堆置，豪雨一來，悉數流入溪中，下游地區，水患頻仍將是指日可待。

玉山國家公園管理處的葉世文處長，有一次在演講中，曾談及瓦拉米礦藏開採的一些癥結問題：

「瓦拉米礦區，據說有五十萬億噸品質非常優良的大理石，可產生大概值三百萬億元新台幣。三百萬億是個天文數字，我算過，一千九百萬同胞，大大小小，每人平均可以分一千六百萬台幣，一家人如果是五口，加起來就有八千萬台幣。現在依照國家公園法在國家公園範圍內可以開採的是在一般管制區。目前本區有九位礦權業者，從他們的戶籍來看，只有一位是花蓮的，但沒有一個是玉里。我要強調一點，在拉庫拉庫溪的上游兩岸開礦，免

不了對水土保持、對生態環境有不利的影響，但這些不利的影響將來受害的是玉里鎮。玉里鎮公所、花蓮縣政府必須拿一大筆錢來善後，也就是說，產生的社會成本必須由另外一批人來付，而錢是由別人賺。我覺得這是非常不公平的。所以資源的使用，一定要考慮到照顧大多數人的利益。」

6

瓦拉米的北坡下，落差約一千公尺的拉庫拉庫溪底，據說也有一處已設定礦權的大理石礦區。我們決定去那裡看個究竟。

出發前站在步道上俯瞰，只見得茂密的枝葉交織而成的樹篷順暢地接連著持續斜向谷地，因此我以為坡面雖陡，但應不致有太多坎坷。

進入林內之後，才發現並不是這麼回事。由極為複雜的樹種組成的原始闊葉林內，地面幾乎都淹沒在鬱鬱暗綠的灌叢、互相交錯且長著苔蘚的根莖或深厚而不穩定的腐葉爛枝底下。渾身布滿了細刺的黃藤更是神出鬼沒地到處攀爬。坡面本身也不是順暢而下；窪坑、乾溝、小陡崖、小崩塌面、大樹、倒置的腐木，都經常使我們改變行進的方向。幾位巡山員輪流著用山刀一路劈斬，砍出勉強可以落腳穿行的途徑。他們偶爾會停下腳步，四下打量一番之後再繼續前進，東彎西拐，忽上忽下。我一路忙著跟隨在他們身後左衝右突，有時雖無法理解他們為什麼要選擇那樣的方向，但已無力氣發問了。

沿途全然幽幽的綠。茂密而又各有層次的枝葉永遠包圍著我們。視線也永遠被似無止盡的一根根樹幹和那網狀般糾纏的藤蔓遮住，半暗半明，走久了，彷彿覺得我們和數十丈外的地方是一直隔絕著的，一直無法掙脫出樹林不斷圍繞著的鬱閉空間。同行的人員，不管走在前面或後面，有時一下子就不見人影，無聲地消失在大樹或山彎背後。我們有好幾個人一起走，但我總覺得一種極深的孤獨情緒在心中滋長。大家都因注意走路而很少說話。山刀揮砍枝葉發出的劈啪聲，更增添了暗鬱森林中那種令人難耐的寂靜。

最後，我們是在先降入一條深削的溪澗底下，然後又辛苦地爬上另一岸的小陡稜，然後又曲折地穿過一段濕滑的岩坡之後，才終於抵達溪底。

這的確是沿岸上下數百公尺內唯一可以下溪的途徑。巡山員是如何從視野受阻的森林間判斷並選擇出這條正確路線的呢？是憑直覺呢？還是過去的一些山林經驗的累積？他們的這種能力，著實令我深感驚異。

溪谷裡確實有許多巨大的大理石塊，對岸的下層山壁也裸露著一大片。水甚大，而且非常乾淨清澄。魚卻反而不很多，但上鉤的都很肥碩。我累得幾乎不想走動了。我躺在巨岩上曬中午溫暖的陽光。

回程更辛苦。這次走的是直上稜線的不同途徑。開始一路攀爬沒多久，我就已落後一大截。我不時抬起頭來，尋找他們閃動在密林灌叢中的背影。我有時甚至是辨認著灌叢折斷或歪倒的痕跡，或循著他們的呼叫聲，匆忙摸

索前進的。但是在這種密閉蔭綠的叢林裡，聲音似乎也無法傳得很遠。那種被樹林層層包圍起來的隔絕感覺更深了。我走走停停，疲累已極。通過一段小溪谷邊的斷崖時，我曾想到要把裝著雨衣和望遠鏡的小背包丟掉算了。同行的人不時在前頭停下來等我。

終於走上稜線時，我知道已離瓦拉米小屋不遠，我要同伴們放心先走，獨自一個人留下來，好好喘息一番。

我回望著走過的路徑，但是在滿山坡蔥綠的樹篷密密覆蓋下，連回程所曾採取的方向都難以推斷。一隻電報鳥在稜線更高處的樹林內滴滴答答地鳴叫。我感到渾身筋骨痠疼，但同時卻也感到內心深處一股越來越強的騰騰浮動著的快樂。

我並沒有征服這一片莽莽蒼蒼的原始闊葉林。我只是帶著戒懼的心情努力地從它濃蔭幽綠的世界裡走過。然後，我坐在這個斜向溪谷的山稜上。四周仍是靜靜青綠的草木。我深深覺得，我只是這個荒野自然中的一個小點而已。我滿足於這樣的感覺。

但是，當極其少數的人為了金錢上的利益而開始挖掘溪谷裡的那些大理石時，我周圍的這整片遠遠近近地連綿著的原始林，大概就不會存在了吧。

然後呢？

布農族紀念

1

我開始能稍微認識布農族原住民，是在接觸了玉山國家公園的巡山員之後。玉山園區內目前僅有的兩處原住民聚落，即是布農族的。一是園區西北側屬南投縣的東埔村，一是西南側屬高雄縣的梅山村。園區東側山腳地帶屬花蓮卓溪鄉境內的村落，也大抵是布農族生聚的社會。近兩、三百年來，在現今的玉山園區範圍內的崇山峻嶺間，他們一直是最為活躍的原住民族群。也因此，玉山國家公園迄今所雇請的巡山員，絕大多數為布農族。他們分別負責園區環境的整潔維護，山路的踏勘清理，保育的巡查，並協助進行自然資源的研究調查，以及支援山難的救助。

這些巡山員的確很適合做這一類工作；他們很早就開始學習認識這一片高山世界。有一位家住東埔的巡山員說，他第一次被父親和兄長帶著上山打獵時才六歲。獵場遠在中央山脈的達芬尖山下。路途實在太漫長了，他邊走邊哭。這一段路，一般登山者都要整整走兩天。但是他說，他們經常凌晨三、四點從家裡出發，過八通關之後，在白洋金礦午餐，下午四點以前即可越過達芬尖，抵達獵區。他的一位堂姊則早在小學三年級的時候，就走過險峭崢嶸的馬博拉斯山。

他們是台灣的九個原住民族中最典型的高山族群。世代以來，他們一直在山林野澤間成長生息。層巒疊嶂是他們生命的根——既是搏鬥的對象，也是生活的依靠。他們從小就跟著父母兄長在深山野外闖蕩謀生，小心翼翼地學習克服大自然中種種狂暴的肆虐，學習敬畏，學習與之和諧親密地相處。因此，他們都有著能夠適應高山地形的矯健身手以及充沛的體力和耐力。他們對山中的走獸飛禽、一草一木、天候變化等等的豐富知識與敏銳感受力，更常令我感到訝異。

我後來之所以能夠逐漸約略懂得分辨動物的足跡、排遺、行徑和食痕，都是在山中向他們學習的。他們甚至於能從草木傾側的角度判斷某種動物的大小和行走的方向。有一位巡山員有一次在觀高附近的郡大林道上察看了一些留在潮濕路面上的足跡之後說，這隻長鬃山羊的一隻後腳受傷了。他為我解釋作這種認定的理由，並且說，從動物留下的各種跡象，也可推測出動物是否生病。我聽得目瞪口呆。

他們在山林裡活動時，無論視覺、嗅覺、聽覺，似乎都特別敏銳。我不知道那是否由於他們與自然萬物有一種特別的應合，或是因長期在深山林中求生打獵所培養出來的特殊警覺性，或純僅是天生的直覺。當我們在山路上一起走著走著，我有時會察覺，他們的表情和動作好像突然有一些異樣，眼睛閃閃發亮，像是在聆聽什麼我根本聽不到的某個聲音，或是聞嗅著我毫無感覺的氣味似的。然後，我們也許就真的看到一隻山羊或黃鼠狼或領角鴞匆匆一瞥出現在我們附近。

有時，當我滿身大汗地埋頭專注於跟在他們身後穿過森林，實已累得無心顧及周遭的事物時，他們卻會回過頭來，對我指著某棵樹上的一個凹洞說，那是飛鼠的家，或是蹲下去，叫我看樹蔭下的幾小株金線蓮。更常的是，他們會隨時摘下一枝芒草葉或幾片樹葉，對我說，這是長鬃山羊或山羌或其他的什麼動物吃過的。

他們也隨機教導我山中的哪些植物可以充飢或止渴，哪種枯木最耐火燒。他們教我如何在深山裡活下去，以及哪些畏懼是必要或不必要的。

2

黃昏時，當我們從一天的山野行程中回到營地，這些布農族的巡山員總會立即忙著用撿來的木柴生火。他們早上起床後的第一件事，也是。我因此甚至覺得，對他們而言，生火烤火似乎已經成為山中生活的一種儀式，是世代以來在山林間長期活動所形成的一種「種性」。在族群的悠遠記憶裡，在個人的山林經驗中，蒼莽毗連的原始森林與危疑寒凍的高山深谷，永遠包圍在他們四周。他們需要燃燒的火給他們光亮，給他們溫暖和陪伴，需要火來驅除寒意和孤獨，驅除心中常存的對野獸和不可知事物的恐懼。

我跟著他們圍坐在火堆旁。我喜歡這樣的時刻。火光閃動中，他們年輕的臉上依然存在著一層生活中的風霜與落寞，但神態間卻也流露出他們在平地時所不常表現出來的放心與自在。

他們有時候有一搭沒一搭地用布農話交談。我雖然聽不懂，卻隱約可以捕捉到其中表達的或暢快或生氣或無奈的意思。這時，我就靜靜地聽著，感覺他們抑揚起落的語音如眼前的火星般跳躍。有時夜霧籠罩過來，寒風陣陣。偶爾附近的黑色山林裡會傳來一聲山羌粗啞的吼叫或梟鳥的啼喚，這時，他們的神情剎那間又不一樣了。

有時候，他們也會談起目前在玉山園區的工作，談起家鄉梅子或玉米的種作收成，以及諸如不用筷子吃食小米飯之類的舊習。但談的最多的，卻是狩獵的事。

對傳統的布農族而言，狩獵是與山田燒墾並重的生產方式。在分工上，農作物的照顧及野生果菜的採集，都由婦女擔任；男性僅在開墾、播種及收穫時才參與。布農族男性的主要工作是，狩獵與防衛。

「為什麼打獵呢？因為那是我們的菜啊。」一位巡山員說。狩獵是他們傳統經濟活動中最重要的一環。獵獲物並不歸獵者獨占，而須由同氏族的人分配，由大家分享。因此狩獵的行為是布農族男人在青春時期必須通過的一項成長歷練，它不僅代表了對謀生所需的勇氣與智慧的認可，同時也代表了一定的社會地位。在過去的布農族社會裡，男人不會打獵是很丟臉的。他們的文化特質中，有相當大的部分與狩獵有關。

所以一般的布農族男性，十二歲就須正式隨父兄入山打獵。他們隨身帶著一把山刀、鹽巴和火柴，便能在深山野地裡待許多時日。一位巡山員如此描述他們的狩獵生活：「打獵時，山上的據點都有簡單工寮。每一天大概只在某個據點附近活動。捉到的動物都拿回工寮。內臟大都挖起來生吃。不敢生吃，不像男人。肉，烤乾，然後挖個洞存起來，等到下山時，再全部帶走。碰到颱風時，我們就留在工寮裡不出去，怕被石頭或倒下的樹木打傷。但我們也不會因颱風來臨就趕快回家。我們當然是不帶睡袋或棉被的，烤火就可以了。我們也不一定睡在工寮裡，枯樹下、岩洞內，只要有水源的地方就可以睡。」

一位家住卓溪的巡山員說，玉山園區內中央山脈東側、拉庫拉庫溪以北，長滿原始林的高山峻谷間，有一大片是他們家傳統的獵場。在身為頭目的父親刻意調教下，他成了一個十分傑出的獵人。在還未受雇為國家公園的巡山員之前，他經常在這個山區裡一待就是數十日。他懂得捕獵方法將近百種，因目的物和地形地物的不同而隨機應變，千奇百怪，有的得自於父親傳授，有的則是自創的，聽起來十分駭人。這些洋洋大觀的狩獵方式，似乎可以寫成一本書。他說，那片山林裡的大大小小的動物，大概都認得他。

幸好，他現在已轉而成為負有保育任務的巡山員了。

來自梅山村的巡山員中，也有一位曾經是相當優秀的獵人。

二十年來，他捕獲過數百隻山豬。「梅山村無人沒吃過他的山豬肉。」同村的人這麼說他。他曾與父親一起捕獲過一隻台灣黑熊。

那時，他大概二十三、四歲。他帶領著十隻狗追蹤山豬的足跡；父親遠在前頭，離他有很長的一段距離。沒想到一隻熊出現了。很大的一隻。狗將牠團團圍住。這時，黑熊卻從地上抓起一截木塊，站起身子，對著狗揮舞，邊退邊發出呼喝的聲音。「熊的意思是叫狗走開走開。」他說。狗群繼續採包圍的態勢一直逼迫不捨。於是，一場慘烈的熊狗大戰發生了。等到他父親趕來，用獵槍將熊射殺時，只剩一隻狗還活著。

他也記得，二、三十年前，當他還小的時候，梅山村附近的山中溪流中有很多水獺。他家在梅蘭林道的十九公里處有一塊耕地，地的旁邊是荖濃溪的一條小支流。白鼻心常來吃他們種的玉米。設陷阱要捕捉時，有時卻會捉到水獺。他說：「水獺很大很肥呢。身上有魚的味道，因為牠們專門吃魚，腳印像鵝掌。」他說：「但是大概十年前就很少見了。」

對於山中動物日漸稀少甚或滅絕的事實，這些布農族的巡山員當然都早有體會。他們也曉得，山林再也不可能是他們生活的倚靠了。在所謂的「文明」的進逼與誘惑下，舊日世界裡的人，經年累月、小心翼翼地與土地山野間所建立起來的那種互相取予與調適的平衡關係，也已難再繼續。在整個大環境的衝擊席捲中，他們甚至也會在無意中加速了這種關係的斷裂。

如今，他們的身分從獵人一變而為國家公園的巡山員。這很好啊。至少，他們可以為那些他們一直為之興奮的野生動物維護一個有機會安全繁衍的樂園，同時在謀生之外，也可經常徜徉在祖先們奮鬥經營過的這片高山世界裡。

3

布農族是台灣原住民九族中人口移動幅度最大、擴展力最強的一族。十七世紀初或更早，布農族從傳說中的故地台中平原向東退入山岳地帶，同時也因遷徙與定居的活動而緩慢地大致完成了卓社群、卡社群、丹社群、巒

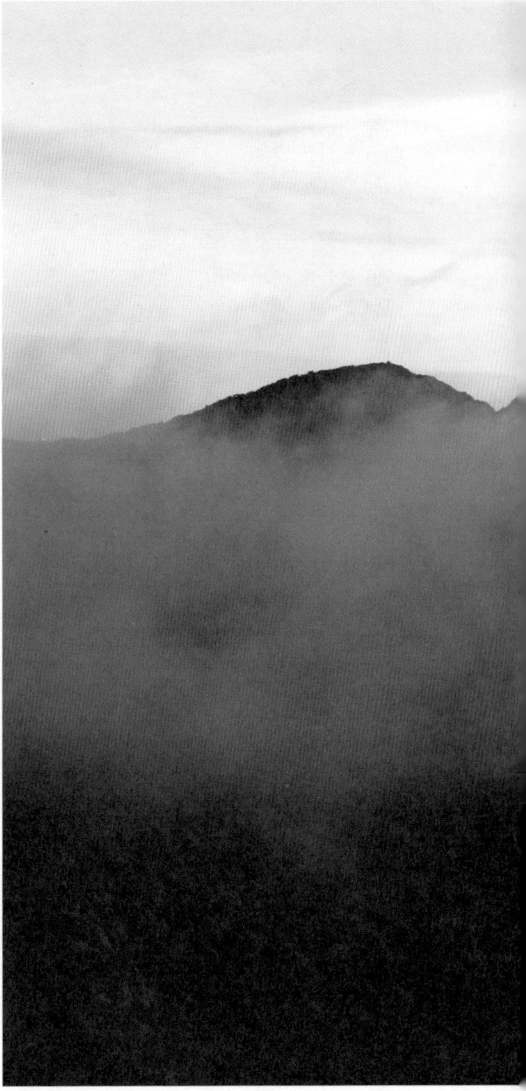

社群及郡社群共五個部族的分化，各部並且分據一重要地區，進而向四方拓展，建立起各個大小聚落。此一時期移動的結果，使玉山和濁水溪之間現今的南投山地一帶，成了布農族生活的領域。

十八世紀初，為尋找獵場，布農各族更進一步先後翻越過中央山脈，向東南方及南方再轉向西南方及西方大規模移動。現今花蓮台東一帶的中央山脈山腳下以及南橫一帶，之所以有布農族，即源自於此一時期的移動散居。

布農族也因此雄據了中央山脈中段兩邊龐大的領域。現今玉山國家公園的範圍，有一大部分都曾是他們的獵場。其活動力之強，實在令人驚嘆。

這樣的族群，性格必然也剽悍而堅韌。

日治時期，當日本人開始推行所謂的「理蕃事業」，著手要沒收原住民的槍枝與彈藥，以期加強控制山地部落時，布農族即展開抗日的行動了。起初由於規模尚小，日方未予重視。直到一九一五年五月，位於拉庫拉庫溪下游南岸的喀西帕南駐在所及位於上游深山中的大分駐在所，在五日之內分別被狙殺了十名及十二名日警之後，日人才大為震驚。

八通關越橫斷道路，就是日警為了圍剿大分事件的布農族抗日分子而於一九一八至二〇年間開闢的。

但是大分事件的抗日勢力並未從此消聲匿跡。他們反而展開了長達十八年的轉戰行動，襲擊作戰接連不斷。行動範圍則涵蓋了中央山脈東側的拉庫拉庫溪兩岸、清水溪、南橫東端的新武呂溪，以及中央山脈西部荖濃溪流域這一廣大的地域。當時匯聚的布農族戰士約計三百人。

日警對於據守險峻之地屯墾生聚的這股抗日勢力一直束手無策。後來則改採懷柔策略，曾選派布農的第一美女下嫁抗日首領之子，並多次上山致贈厚禮，最後則以一招招待二十名抗日要角遠赴高雄與台北觀光的手段，終於全面瓦解了布農族這一批「全島最後的未歸順蕃」。

這是布農族的一段足可媲美泰雅族之霧社事件的光榮戰史。

一九三三至三八年間，日人以強迫的方式將高山地區的布農族人全部集

體遷至平地。許多布農族人就這樣永遠離開了他們的生命之根。

4

奇特的是，布農族這個活力充沛且洋溢著戰鬥意志的族群，表現在音樂上，卻不是躍動的節奏或高亢的嘶叫或重擊擂打，反而是虔誠安詳的吟詠，是單純和諧音程的連續。他們那種令人驚異的複音或和聲的合唱技巧，一直被民族音樂學者視為世界民歌中的瑰寶。

我曾在花蓮卓溪的布農族部落裡見過他們的打耳祭。這是布農族的各種祭儀中，與狩獵行為關係最為密切的一種。參與祭典的勇士們輪流以固定的節奏與帶著節拍的喊聲來誇示自己的戰績與英勇行為，其他的人和站在外圍的婦女也一邊呼應唱和，一邊舞擺著身體。其間令我感受最深的，則是音樂和舞蹈中所透露的虔敬的祈禱和莊重的內省。祭儀的整個過程並不凸顯個人或英雄，也沒有恣縱的狂歡。

這是一個種族意識極其強烈而自斂的族群。

有一位住在東埔的巡山員跟我說過一件令我十分感動的事。他說從他稍微懂事的時候起，父親就開始告訴他家族的故事及各種神話與傳說。「有時清晨起床，天還沒有亮，父親就叫我坐在他的對面，然後開始說故事給我聽。種田或打獵時，他也會一面工作一面對我說，」這位巡山員說，「父親反覆告訴我這一類的故事，並且要我以後也要說給我的孩子聽。」

布農族的口傳文學，表達的正是布農族人對族群生命傳衍的重視，對倫理的遵守，對生存奮鬥於天地間的喜悅。

我幾度和他們一起在玉山園區的高山間生活之後，發現到，煮飯之類的工作都是由輩分或年齡最小的巡山員做的，而且做得絕無怨言。用餐之前，有些巡山員會連續數次以食指輕沾飯茶，並對著背後拋甩。他們告訴我，這表示對祖先和鬼神的祭拜。

布農族因此曾建立了在台灣原住民之中最為完整的大家族父系氏族社會。其中最大的是聯族的氏族群；其次是氏族，各有姓氏，但禁止通婚，是共享獵場共守禁忌的親屬單位；第三級是亞氏族，族中成員共有財產，共分榮辱；最後才是同居共灶的家族。

但是所有的這些社會組織和文化行為，在某些不當的對待政策和外來強勢文化的推波助瀾下，如今都已幾近崩解了。東埔村的庸俗消費面貌和梅山村的破落苦澀，分別顯示出，在過去錯誤的做法下，不管是所謂的「開發」或「未開發」，受糟蹋的，仍然都是布農族。

我從山上回到平地時，也有幾次曾和布農族的巡山員共睡一個寢室。我總覺得，原本沉默的他們似乎更無言語，容顏之間流露的那種索寞的意思則似乎更深了。

我曾試著要去了解他們。但我也知道，了解別人的生命，了解一個我原本不曾接觸過的陌生族群的生命，並不容易。我所能做的，或許也只是一聲祝福罷了，祝福他們在這個急劇變遷的社會中，仍能像他們的祖先那樣活力充沛且洋溢著戰鬥意志。

後記

看山是山

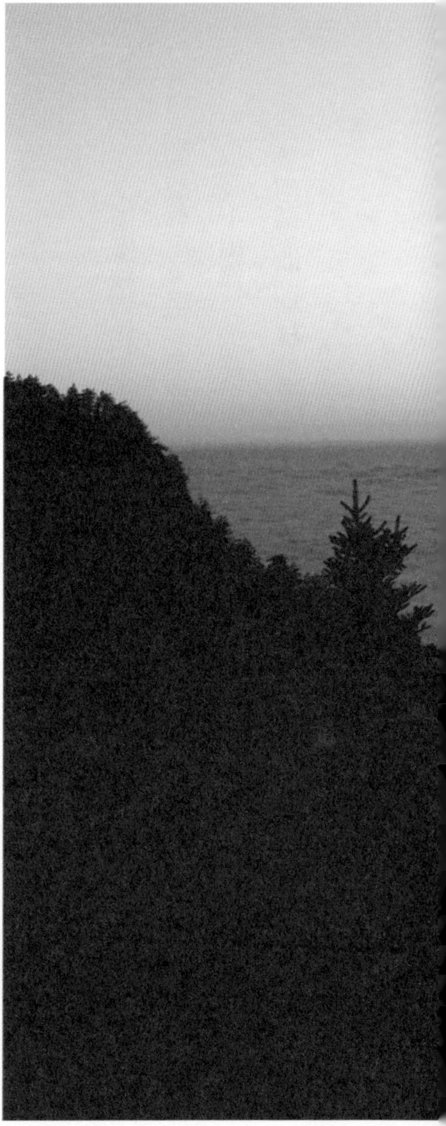

1

斷斷續續在玉山國家公園的一年盤桓將結束時，我又回到園區西側門戶的鹿林山。這一年裡，我數度經由附近的塔塔加鞍部登山口進入玉山之前，以及下山後，大都會折入此地稍作徘徊。天氣若好，站在山頂一帶，東邊隔著向南流的楠梓仙溪源頭河谷，可瀏覽玉山群峰偉岸峻秀的走勢和中央山脈南段的一些山頭，向西則可遠眺峰尖磊落參差在神木溪對岸的阿里山山脈。但天候在這遼闊起伏的山谷間經常幻化不定，時晴時雨。某個時候，也許所處身的草坡上，陽光燦爛，濃雲卻以平整的底部將遠方的三千公尺以上的巒脈都遮住了；有時，遠山暗藍的剪影映著亮藍的天，河谷裡卻洶湧著迷濛的白霧，揚起的輕煙縹緲飛過鹿林山溫婉的箭竹草原，情趣無限。鹿林山因此曾經留給我許多美麗的記憶，並且是引發了我對高山自然界裡種種奧祕與生機產生興趣的啟蒙處。

如今，臨別在即，帶著一種依依不捨的心情，我回到這個初識玉山的所在來，希望好好地再看一看群山的面貌和天光雲影，儘量把它們深深地印存在心底。

這一次，我並未到處漫遊，而只是在山頂上靜靜地面對著楠溪寬闊的谷地或坐或躺，偶爾才站起來走幾步，在方圓十公尺內一待竟然六、七個小時。四野岑寂，杳無人跡，隨時悠然抬眼，永遠仍是我既熟悉又陌生的山和山間的雲霧。而時間，就在山野的景致隨煙雲光影的幻化而瞬息變動的色彩中，在響自草坡某處的一些鳥聲中，在微風下箭竹的輕輕搖晃裡，緩緩地消逝。

過去一年裡在園區的山林間留連經歷的一些驚奇與感動，迷惑與認知，一幕幕的山巒谷壑，森林草原，各種生命跡象，美的事物，令人驚嘆的事物，則毫無秩序而不經意地在我心中紛紛閃現，盤旋，或沉澱或輕揚消淡。

但後來，逐漸地，所有的這些散漫紛陳的印象，所有的聲響和色彩，新奇和詫異，卻慢慢變模糊了，相互重疊，彼此渲染，融為似乎很單純的世界，以綠藍二色為主調的、沒有被人類征服破壞的、自然的、山的世界，並且整個的在我心胸深處成為一種珍貴的恩寵，內心無限和平與寧靜的恩寵。我彷彿覺得四周充滿了神明。它們的呼吸就在我用手去觸撫的矮箭竹身上，在遠遠近近地環繞著我的高山深谷和風雲裡。

我躺下來，閉目品味這種恩寵。一股深沉的喜悅感，像無聲的雲影，從心中潺潺流過。

有一度我睡著了，醒來時發現稜線的東邊薄霧瀰漫，西邊的藍天上則高高地浮著冰晶似白亮的雲絲，而身旁的數叢台灣馬醉木和杜鵑湧現在金黃的斜陽下。我側過頭去，看見箭竹泛黃猶綠的小葉子仍兀自在風中不時搖晃，而不遠處，正有七、八隻星鴉展現著尾下的白色覆羽，飛過一小片又一小片的二葉松和華山松的次生林。

我揉揉眼睛，感覺既迷醉又清醒。心中仍是盈盈的甜蜜。我想著台灣這個高山世界的豐繁壯麗，以及造化的神祕，自然的恩寵。我深覺感激。

2

對於這個高山世界，我以前竟然是近乎懵懂無知。然後，隨著一次又一次的美的感動，極其純淨愉悅的靈的洗禮，以及自然知識的學習與成長，我才發現，對自然界裡所有的奧祕和生命跡象，對這片高山和整個的這塊土地，情感和認知上都越陷越深了。而另一方面，對於大自然中的種種神奇，困惑和陌生之感，也越來越揮之不去。

我喜歡這樣的感覺。

我一直記得自己最初是如何點點滴滴地摸索著進入這片自然世界的。就在鹿林山附近，我第一次見識到白花三葉草、毛地黃、虎杖、白花香青、石松、笑靨花、刺柏、紅榨槭、玉山假沙梨、鐵杉、雲杉……。

我記得當一位研究所的學生為我解釋異葉紅珠如何以兩種不同的葉子適應冷熱不同的季節時，我對它生存之道如何地感到驚訝，以及對自然中生命形式與結構之紛繁無窮的讚嘆。

我也一直記得，鹿林山上一面解說牌上所教導的分辨二葉松與華山松的簡單要領。

有幾種鳥類，我最初也是在鹿林山一帶見到的：酒紅朱雀、栗背林鴝、青背山雀、黃羽鸚嘴……。

九月裡，一個寒冷的清晨五點多，我走出鹿林山莊，第一次看到七、八隻灰鷽在灰濛濛的草地上和虎杖之間，愉快地飛跳覓食。牠們都十分安靜，和薄薄的晨霧一樣，只有偶爾「ㄍㄧㄍㄧ」幾聲低低細細的鳴叫。

十一月底，我獨自在煙雨迷濛的鹿林山步道上漫步。穿過幾片高過人身的箭竹叢之後，全身濕透了。然後，我看到了兩隻岩鷚，在崩塌地下方的小徑上或走或停地慢慢啄食。我靠近到與牠們大約只距三公尺。我們在微雨無人的山中相處了約一刻鐘。後來，我總覺得，那一整天又冷又濕的雨中行，即使只見到這兩隻台灣鳥類中分布最高的鳥，也已十分值得。也是後來，我才曉得，牠們是遷降到這個較低的海拔來過冬的。

所有諸如此類的初次經驗和粗糙的認知，於是吸引並催促著我一再走入了更迷人、更廣闊、更生動蓬勃的高山大千世界裡。而在逐漸的領略和了解之外，在感動之外，某些情感也似乎在漸漸醞釀著。我一再地在這個島嶼的最高地帶行走跋涉，目睹了它的山系水系，目睹它的地形地質的特色、氣候特色，隱約體會著自然景觀中生物與非生物的特質，以及生態體系的特質，終而更生出了一種驕傲的感覺。

3

國家公園的設立，難道不就代表了對這塊土地的敬重，意味著這片自然的高山世界是我們每個生活於斯者的驕傲，並也因而擔負著對這個特殊景觀與生態系統加以維護，對自然資源善為保護與利用，以期永續長存的責任嗎？

也就是說，國家公園的設立，主要的著眼點即在於提供一個保護性的環境，以保護具有生態特色或特殊景觀的自然遺產，保護大地的資源、生物資源，以及足以培養歷史情操的重要文化遺跡，並進而讓專家學者能有一個從事科學調查研究的環境。此外，它也具備了遊憩及環境教育的功能，一方面使人們能在一個高品質的自然環境中，藉著與大自然萬物的接觸，得到心靈上的休息與滋養，另一方面透過解說設施與活動，引導遊客走入自然界的大教室裡，使他們在遊憩過程中也能獲得知識上的啟迪，從而在美感經驗之外，也能體會到環境保育的重要性，並因而知所愛護。

而這些目標的達成，是在在需要講求策略的。因此乃有所謂的經營管理。

以玉山國家公園而言，由於是一個典型的高山公園，加上幅員遼闊，交通不便，所以在經營管理上，便採行所謂的「分散設置、集中管理」的策略，分別在園區的東、西、南三側設置三個管理站，並依各站所轄區域的資源與遊客特性，擬定了各自的管理綱要與解說服務系統，係為現場管理與服務的執行單位。

而為了不同的需要，玉山國家公園也根據土地分區使用的原則與資源特質，將園區分劃為五個區：遊憩區、生態保護區、一般管制區、特別景觀區，以及史蹟保存區。其中，以進出生態保護區的管制最為嚴格。

交通動線則分為三種。第一種是汽車容易通抵園區周邊的公路，其次是未鋪面的林道，最後則是僅可供徒步的步道。

我在園區一年的活動，即利用這三種動線分別進出過五種管制區。我也藉助於許多的解說系統和設施而逐漸了解到這個山林世界的奧妙與豐盈，並提高了我對自然的欣賞與享受能力。而所有的解說資料，則建立在許多學有專長者對各種資源長期的調查研究上。

可是玉山國家公園管理處的葉世文處長，卻也這麼說：「美的勝利是暫時的。」他的意思是，國家公園的維護與經營管理是一項非常久遠的事業，為了保護它能讓每一個人享用——包括進入園區直接接受自然對心靈的薰陶以及間接的水土保持、水源涵養、環境教育、生態及本土科學的研究，管理處常須戒懼謹慎地與主張在園區內開礦、砍樹、開路的單位或人士們奮戰爭執。他認為，在面對著這一類的困難時，國家公園是絕不能讓步的。他說：「稍一讓步，醜陋就沒完沒了。」

若真不幸變得如此，那是活在這個島上每個人的墮落。

我們應該經常去看大自然中許許多多比任何人類所創造出來的東西都還美麗的東西，包括山、水、岩石、樹木、草葉、鳥的形貌、色澤、氣味，面對著它們靜靜沉思，讓我們面對自己。

也讓我們重建與大自然的關係，讓我們看到的山就是山，永遠是山。

INK PUBLISHING
陳列作品集 2
永遠的山

作　者	陳　列
攝　影	郭英豪（p4,17,61,103,184）/林學聖（p12,20,40,188,194）/ 胡嘉穎（p82,87,110,127,147）/林軍佐（p106,172,207）/ 陳國瀚（p44,130）/楊智凱（p66,150）/陳雪溱（p165,169）
總編輯	初安民
責任編輯	施淑清
美術編輯	黃昶憲
校　對	吳美滿　施淑清　陳　列
發行人	張書銘
出　版	INK印刻文學生活雜誌出版有限公司 新北市中和區建一路249號8樓
電　話	02-22281626
傳　真	02-22281598
e-mail	ink.book@msa.hinet.net
網　址	舒讀網http://www.sudu.cc
法律顧問	漢廷法律事務所 劉大正律師
總經銷	成陽出版股份有限公司
電　話	03-3589000（代表號）
傳　真	03-3556521
郵政劃撥	19000691 成陽出版股份有限公司
印　刷	海王印刷事業股份有限公司
港澳總經銷	泛華發行代理有限公司
地　址	香港筲箕灣東旺道3號星島新聞集團大廈3樓
電　話	852-27982220
傳　真	852-27965471
網　址	www.gccd.com.hk
出版日期	2013年8月　初版 2014年10月　初版二刷
ISBN	978-986-5823-17-7
定　價	280元

國家圖書館出版品預行編目資料

永遠的山／陳列 著；
--初版，--新北市中和區：INK印刻文學，
2013.8　面；公分（陳列作品集；2）
ISBN 978-986-5823-17-7（精裝）
855　102010641